さんざん男の玩具になってきた体だ。今さら何をと思われるだろう。
でも、この男にだけは淫らで哀れな自分を知られたくなかった。
「強情だねえ。……でも、やめないよ」

裏切りの花は闇に咲く

水月真兎

Illustration
桜井りょう

B-PRINCE文庫

※本作品の内容はすべてフィクションです。
実在の人物・団体・事件などには一切関係ありません。

CONTENTS

裏切りの花は闇に咲く

1.

速いっ――！

頬を掠めた冷たい刃の感触に、氷室桃也《ひむろとうや》は、背筋にゾッと戦慄《せんりつ》が走るのを覚えた。

常日頃の軽薄で自堕落な態度とは裏腹に、頭が切れて腕も立つ。組の上層部での密かな噂は聞いていたものの、実際、ドスを握った星崎清十郎《ほしざきせいじゅうろう》を見るのは桃也も初めてだ。

いや、今の彼の名前は椿《つばき》清十郎。先代の『椿山会《ちんざんかい》』組長、椿龍也《たつや》の養子となり、亡くなった椿の跡目を継いで、数日前に七代目組長を襲名した男だ。

クセの強い黒髪は、鮮やかな朱色の組紐を使って首の後ろでひとつに束ねられるほどの長さで、出歩くのはもっぱら夜なのに、肌の色は浅黒く、その切れ長な双眸の眼光の鋭さも相まって、危うい獣のような男の精悍《せいかん》さを際立たせた。

背が高く、両腕、両脚がスラリと長い。均整の取れた体格を、少し猫背気味にして歩く姿も、怠惰さばかりでなく、時に獲物を狙う虎のような剣呑《けんのん》さを感じさせることがあった。

今どきの男には珍しく、必要な時以外は藍染《あいぞ》めの木綿《もめん》の着流しに軽い一重の羽織姿を好み、女物の紅絹《もみ》と友禅《ゆうぜん》で仕立てた派手な襦袢《じゅばん》が、着物の裾を翻すたびにチラチラと覗く。

星崎は、かつて、『水上組《みなかみ》』傘下きっての武闘派として勇名を馳せた『星崎組』の御曹司《おんぞうし》だ。しかし、新宿《しんじゅく》に拠点を置く『銀星会《ぎんせい》』との激しい抗争の末、『星崎組』は十七年も前に壊滅していた。

この男は、『星崎組』のたった一人の生き残りだ。そして、抗争のあと、十年あまりを獄中で送り、居場所を失った彼を迎え入れたのは、星崎組長と盃を交わした義兄弟の『椿山会』組長、椿だった。

椿は、孤児だった桃也の育ての親でもある。それゆえ、本人たちが望むと望まざるとにかかわらず、桃也と清十郎は『椿山会』の跡目をめぐるライバルのように言われてきた。

けれど、亡き組長が自分の跡目として指名したのは、清十郎だった。桃也も、ほかの組員たちも、表向きは先代の遺言に従い、清十郎の組長襲名を容認していた。

だが、同じ『水上組』の傘下だったとはいえ、よそ者でなんの実績もない清十郎がいきなり組長になることに、ほとんどの者は不満と懸念を抱いていた。

もちろん、桃也もそうした一人だった。

先代が、自分よりも清十郎のほうが組長にふさわしいと認めたのなら、その遺志に逆らうつもりはなかった。

けれど、桃也自身がこの男の下につくことを納得するためには、彼とのケリをつけることがどうしても必要だった。

桃也が正面から挑んだ一対一の勝負を、清十郎は意外にもあっさり受け入れた。それが、互いにドス一本で臨んだこの勝負だった。

とはいえ、勝負の場所に、組が経営しているラブホテルのパーティールームを指定された時は、清十郎の奇行に慣らされつつあった桃也も、さすがに啞然とした。確かに、何があっても外に洩れる心配はなさそうだけれど。

そして、清十郎が持ち出した条件は……。

——じゃあ、負けたほうは勝ったほうの要求をなんでも吞むということにしようか。

いかにも軽薄な笑顔で、男はそう言った。ニヤリと笑った得体の知れない表情の下で、清十郎が何を考えているのか、桃也には推し量ることもできなかった。

(勝てばいいんだ。そうすれば、こんなもやもやした想いは吹っ切れる)

養父である先代が、義兄弟の遺児で七歳年上の清十郎を屋敷に居候《いそうろう》させた時から、何かといえばこの軽佻《けいちょう》浮薄《ふはく》な男にイラつかされてきた。自分でも、清十郎の何が気に入らなくて、らしくもないほど感情を乱されてしまうのか、よくわからない。

そのイラ立ちは、清十郎が正式に椿の養子となり、次期組長の指名を受けた時には、抑えきれないものになっていた。

自分の気持ちと、身の振り方に答えを出すためには、もう清十郎との決着をつけるしかなかった。

しかし、男の実力は桃也の予想のはるか上をいくものだった。

椿の屋敷で清十郎が居候を始めてからは、部屋でダラダラしているか、外で女の尻を追いかけているところしか見たことがない。

この男のこんな鋭いまなざしも、先を読ませないほど俊敏な動きも、桃也は見るのも初めてだった。

いや、いい加減な遊び人ぶったふるまいの裏で、この男の底知れない怖さを何度か感じることはあった。ただ者ではないことは、先代がこの男を客分扱いで組に迎え入れた時からわかっていた。

だからこそ、組長の地位に就《つ》いた今でも本当の顔を見せない清十郎の正体を、確かめずにはいられなかった。

そのためなら、『椿山会』若頭《わかがしら》の地位を追われても、たとえこの男になますに刻まれることになっても、後悔はなかった。

「どうした、桃《もも》ちゃん？　ぼんやりして、脇がお留守だよ」

からかうような男の声にハッとして、懐《ふところ》に踏み込んでくる荒々しい刃を右手のドスでかろうじて弾く。

明るい藍染めの着流しの裾を翻し、軽々と後ろへ跳んで、清十郎は桃也から必要のない距離を取った。

「勝負の最中に、考え事はよくないなぁ……」

「あんただって、無駄口をきいているっ！」

桃也の刃など歯牙《しが》にもかけていないような余裕のある態度だ。楽しそうに笑う男へ、ムッとして言い返す。

隙どころか、清十郎が本気なら、今の一瞬で桃也の命はなかっただろう。

清十郎が正式な組長の地位に就いたとはいえ、いずれ桃也の存在がその立場を脅《おびや》かしかねないことはわかりきっている。

星崎の姓を捨て、先代の養子になることを承知してまで、『椿山会』を手に入れた男だ。目障りな桃也を打ちのめすせっかくのチャンスを、どうしてあっさり見逃したのだろう。

それに、さっきから打ち込んでくる太刀筋は鋭くても、紙一重のところで桃也がかわせるタイミングを狙っているようだった。

(殺し合いは嫌だということか。舐めた真似を……)

もっとも、目の前でヘラヘラ笑いながら、桃也の切っ先を鮮やかに避け続ける男に、こちらも調子を狂わされたままだった。自分を叩き伏せる力さえない男なら、この場で斬って捨てるつもりだったのに。

「なあ、桃ちゃん……」

「その呼び方は、やめろと言っただろうっ」

いくら清十郎が七つ年上だといっても、三十歳の桃也は子供扱いされるような年齢ではない。けれど、桃也が嫌がり、いくら抗議しても、清十郎のほうは、いっこうにやめる気配がなかった。

「いいじゃない。可愛《かわい》いし……」

「あんたなあ……」

本当に何を考えているのかわからないと、清十郎のドスからヒラリと軽く跳び退《すさ》って、溜め息をつく。

「どこの世界に、可愛く呼ばれて喜ぶヤクザがいるんだ？」

「俺ならうれしいけど……」

「あんただけだよ」

刃の上でやり取りするには不似合いな言葉を交わしながら、組み合ったドスを挟んで互いの目を睨む。

ゾッとするほど目つきは鋭いくせに、清十郎はやはり甘く唇を綻ばせた。

「いつもきれいだけど、戦ってる桃ちゃんは、一段とあでやかだね」

「殺し合いの最中に口説くんじゃないっ！」

「燃えない？」

「だから、そんな変態はあんただけだって……」

外見は文句のつけようもないほど整っている。生粋《きっすい》のヤクザとはいえ、ふわふわとつかみどころのない性格が、かえって相手の警戒心を解くのか、女にはやたらともてる男だった。

本人も遊び好きで、付き合っている女の数も両手の指では足りない。そのくせ清十郎は、桃也の顔を見れば気のあるような台詞《せりふ》を囁いた。

からかわれていることは明白だ。当然、男の誘いを本気にしたことなど一度もない。

清十郎とは対照的に抜けるような白い素肌に、ひとまわりほっそりとしたしなやかな四肢を持つ桃也は、そのおもても冴えた美貌で、実際、同性から欲望の対象として見られることも少なくはなかった。

ことに、力ずくで相手を屈服させる蛮行がまだまだまかり通っている極道《ごくどう》の世界では、桃也のような容姿は、舐められもするし、荒々しい男たちの征服欲をそそるものらしい。

それなりの力を持ち、『椿山会』の若頭として頭角を現すようになってからは、さすがにあからさまな誘いをかけてくるのは、清十郎くらいのものだったが。

重いドスを強引になぎ払ったとたん、清十郎は、その反動を利用して強烈な蹴りを繰り出した。上体を仰《の》け反《ぞ》らし、低いバク転でギリギリかわす。

「やるねぇ……」

「あんたこそ……」

感嘆する清十郎に笑い返したものの、背中には冷や汗が滲んでいた。あんな蹴りをまともに食らったら、あばらの二、三本は折れていただろう。

「少しは見直してくれたかな？」

「ああ。ただのスケベ親父《おやじ》じゃなさそうだ」

「ひどいなあ。桃ちゃんは、俺をそんなふうに思ってたわけ？」

「毎晩、酔いつぶれて、違う女に送られて帰ってきたら、誰だってそう思う」

「そりゃ、同じ女だとかえって拙《まず》いでしょ。これでも、けっこう一途《いちず》な質《たち》なんだよ」

清十郎の口調は、まるで一人の女に嵌《は》まりたくないと言っているようだ。

独身で、特に約束をした女性がいるような素振りもない。いい歳をした清十郎が、妻どころか特定の恋人も持たない理由が、ふと気になった。

「あんた……今も『銀星会』の張《チャン》の命《タマ》を狙ってるって、本当なのか？」

「……」

核心に触れたのか、陽気でおしゃべりな男が、珍しく真顔になって答えをためらった。

新宿一帯を取り仕切る『銀星会』の組長の張は、都内では名を知らない者はいない切れた男として恐れられていた。

ひと声かければ、命知らずの男たちが百や二百はすぐさま集まると言われる張に、真っ向から逆らえる男は、東日本の組織にも数えるほどしかいないだろう。

まして、その命を狙っていると平然と公言できるようなクレージーとなれば、桃也が知る限り、清十郎と『若宮組《わかみや》』の剣持大吾《けんもちだいご》の二人しかいない。

「そりゃね、両親の仇《かたき》だから……」

「本気で『銀星会』と戦争するつもりなのか？」

「どうだろうな。別に、組同士でケンカしなくても、ほかの方法があるかもしれないし……。桃ちゃんは、『銀星会』が怖いかい？」

清十郎の返事は、両親を殺され、組を潰された経緯からすれば、予想外に素っ気ないものだった。反対に、試すみたいに桃也の気持ちを確かめてくる。

清十郎の父親の『星崎組』が抗争の渦中にあった十七年前といえば、桃也はまだ中学生の子供だった。当時の状況を、詳しくは教えられていない。

それでも、組員のほとんどが死傷した凄惨《せいさん》な事件は、ニュースに取り上げられた内容だけでも、背筋の凍るようなものだった。

ヤクザの世界も知り尽くした今ならなおさら、抗争相手を徹底的に蹂躙《じゅうりん》する張の残虐さが恐ろしくないわけはない。

「あんたは、怖くないのか？」

「そりゃ怖いさ。ヤツらの怖さは、身内を目の前で殺された俺が、一番よく知っている」

「でも、あんたはその時、張の弟を殺している……」

当時、二十歳だった清十郎は、そのために懲役刑を受けている。肉親を殺されたというなら、お互い様じゃないのかと問いかけていた。

それに、冷酷非情と言われる張は、逆に肉親には甘い男で、血の繋がった弟を溺愛《できあい》していたらしい。だからこそ、清十郎への恨みは尋常ではなかったようだ。

「あれは、兄貴を庇《かば》ったんだよ。俺にその気はなかった。運が悪かったんだ……」

「そうか？　あんたが殺したのは、一人だけじゃないって噂も聞いている」

「ただの噂だよ」

真意などまったく読めない顔で、清十郎は少し淋しげに笑った。人が人を殺す理由など、本当のところはきっと本人にしかわからない。

「桃ちゃんは、ヤクザにご両親を殺されたんだって？　それなのに、どうしてヤクザになったの？」

「俺を育ててくれたのは、先代だ」

ドスを交えて命のやり取りをしながら、お互いの身の上話もないだろうと思いながら、清十郎の質問に律儀《りちぎ》に答えていた。

桃也には、実の両親の記憶さえない。物心ついた時には、椿の屋敷で組長の養父とその組員たちに囲まれ、それが当たり前のように生きてきた。

「あの人は、恩にきせて君を縛るような男じゃないでしょ……。君の面倒をみていたのも、本家から監視を任されていた男が、君のご両親を殺した罪滅ぼしだったわけだし」

「俺が、先代のお側《そば》にいたかったんだ」

桃也が『椿山会』にいるのは、先代への忠誠心のためだけだ。しかし、先代が亡くなった今、赤の他人の清十郎に仕える義理はない。

「心酔していたんだね。龍也伯父さんは、いい男だし……」

「何、を……」

「惚れてた？」

「そういう意味じゃないっ！」

清十郎が言うとおり、桃也は育ての親である先代を尊敬し、誰よりも愛していた。けれども男の口ぶりは、もっと肉体的な欲望を含んだ悩ましい恋情すら感じさせて、後ろめたい想いがあるだけに、桃也は激しく反発した。

「ならよかった」

「何が？」

ホッとしたと笑う清十郎の意図がわからずに訊き返すと、セクシーな厚みのある唇をわざとらしく淫蕩《いんとう》に綻ばせる。

「椿の親父さんが恋敵じゃ、いくらイケメンの俺でも、ちょっと不利かなと思って」

先代が自分の跡目に清十郎を選んだことで、その信頼と愛情まで奪われたような気がして、ひどく子供っぽい嫉妬《しっと》に駆られていたのかもしれない。だからこそ、清十郎に先代との関係をからかわれると、たとえ冗談でも大切なものを汚されたようで腹が立つ。

「ふざけるなっ！」

「真剣だよ。だから、真剣に君に勝とうとしてるだろう？」

「えっ……？」

怒りに任せて吠えた桃也に、清十郎は意外なほど真摯《しんし》な表情を見せて訴えるから、一瞬、混乱した。

男の言葉の意味を確かめようとした隙を衝《つ》かれ、手にしていたドスを易々と弾き飛ばされる。

「卑怯者っ！」

「だって、俺は親の代からヤクザだし……」

思わせぶりな態度も、自分の動きを封じるためだったのかと、清十郎の狡猾《こうかつ》さを責めても、恥知らずな男は悪びれない顔で笑った。

桃也が反射的に落ちているドスに飛びつく前に、清十郎の右足がその刃を踏みつける。

「くっ！」

喉元に、清十郎のドスが突きつけられて、指一本動かすこともできない自分の敗北を悟った。

「これで勝負あり、かな。まだ抵抗するかい？」

「させてくれるのか？」

「君を傷つけたくはないんだ。龍也伯父さんに恨まれる……」

たとえ卑劣な手段でも、桃也を追いつめた清十郎が自分を解放してくれることなどありえない。

わかっていて、挑発的なまなざしで睨み上げた桃也に、清十郎は勝ち誇る素振りすらなく、どこか困ったように呟いた。

「先代が？」

「あの人は、誰よりも君を愛していた……」

「でも、俺は先代の期待には応えられなかった」

結局、跡目に選ばれたのは、よそ者のこの男だった。『椿山会』を任されるには、自分の力が足りなかったのだと承知している。清十郎を恨むのが筋違いだということも。

先代がどれだけ自分を愛してくれたとしても、清十郎への信頼には敵わなかったということだ。

そして、力での勝負でも、自分はこの男に敵わなかった。隙を衝かれなかったとしても、きっと結果は同じだっただろう。

「桃ちゃん……」

「あんたの勝ちだ。破門でもなんでも好きにしろ……」

負けは負けだ。そして、清十郎に敗れた以上、処分を受けることも覚悟していた。彼が目障りだというなら、どこへでも去るだけだ。

「じゃあ、お言葉に甘えて……」

ドスを投げ出した清十郎の腕が伸びてきて、いきなり桃也を抱き上げる。男の広い胸に女の子のように横抱きにされて、桃也は状況を理解できないままうろたえた。

「なんの冗談……っ」

「冗談？　ホテルですることなんて、ひとつしかないだろう？」

「俺は、女じゃない」

「知ってるよ。目は悪くない」

ここまできても、いつもの清十郎の悪い冗談じゃないかと疑わずにはいられなかった。

ひとつ屋根の下で暮らしている清十郎の女好きは、桃也でなくても呆れるほどだったし、それに比べて、同性に声をかけるところなんて、自分相手以外には見たことも聞いたこともない。清十郎の昔を知る者からも、それらしい噂は流れてこなかった。

だから、男から何を言われても、女みたいな顔をしている自分への嫌がらせか、質の悪い冗談だとしか思わなかったのに。

「男同士で何をやるんだ？」

「またまたぁ……そんなに初心《うぶ》じゃないでしょ、君は」

あっさりと決めつけられて、青ざめるよりも、なぜ知っているのかと、清十郎の精悍なおもてを窺った。男たちの性の玩具《おもちゃ》になってきた桃也の過去を知っていて、あんなふうにからかっていたのだとしたら、よけいに意地が悪い。

パーティールームらしく、三人以上でも遊べそうなキングサイズのベッドへ投げ出されて、思わず後退《あとずさ》った。

「俺が勝ったら好きにしていいって、約束だったよね？」

「それはっ……。あんたが邪魔な俺を組から追放したいのだろうと思っていたから……」

好きにするの意味が違うと、桃也は困惑したまま不埒《ふらち》な男へ抗議した。もちろん、桃也が勝手に思い込んでいただけで、清十郎の魂胆まで確かめていたわけではなかったけれど。

「椿の家を出て、君はどこへ行くつもりだったの？」

「……」

それなら、どうするつもりだったのかと訊かれて、まともな答えさえ思いつかなかった。椿の屋敷のほかに、桃也の居場所などありはしない。

清十郎に負ければ、もう自分には何もないと自棄《やけ》になっていたのかもしれない。負けて生き延びることすら、考えてもいなかった。

「君には、ほかに行く場所なんかない。それに、俺は君を手放すつもりもない」

「俺を、辱《はずかし》めて、慰み者にするつもりか？」

清十郎のことを、ただの女好きだと疑いもしなかったから、そういう報復さえ予想できなかった。

だいたい、十代の頃ならともかく、三十にもなった自分の体に、まだ男を欲情させる価値があるとも思っていなかった。清十郎みたいに、とびっきりの美女たちから愛されている男ならなおのこと、わざわざ汚れた男娼《だんしょう》に興味を持つ理由がわからない。

それでも、桃也が先代に養われ、今は『椿山会』の若頭を務めている立場だから、貶《おとし》め、辱めて、鬱憤《うっぷん》を晴らしたいというなら、わからないことはなくても、ずいぶん卑小な欲望だ。

「そういうのは趣味じゃないな。俺といっしょに気持ちいいことするのは嫌かい？」

けれど、清十郎には、桃也を嬲《なぶ》るつもりはなかったらしい。心外そうにそう問われて、よけいに当惑した。

「あんたは……女が好きなんだと思っていた」

「もちろん、女の子は好きだよ」

当然だと言いたそうな返事には、馬鹿にされたみたいでムッとなった。女の代わりなんて、なおさらごめんだ。

「突っ込めればなんでもいいのか？」

「まさか。俺にだって、好みはあるさ」

「俺は……好みなのか？」

「とびっきり、ね」

清十郎が男にも女にも節操のない性癖だということはよくわかったものの、勝負に負けて、その欲望のはけ口にされることは、まだ納得がいかない。

ただ、桃也が好みなのだと笑った男の顔は、子供みたいに屈託がなくて、言い訳を探す前に毒気を抜かれていた。

白いシーツに視線を落とす。清十郎に見抜かれたとおり、今さら誰に抱かれたところで、もったいぶるような体でもない。

いったんした約束を、相手の要求が気に入らないからといって覆《くつがえ》すことはできなかった。それに、ここで桃也を逃がすほど間抜けな男でもないだろう。

「好きにしろ……」

思いもしなかった成り行きだが、清十郎に抱かれる覚悟を決め、桃也は自棄のように吐き捨てた。

2.

「ほら、もっと腰を上げないと、よく見えないよ」

乱れきったキングサイズのベッドの上、屈辱に唇を噛みしめながら、桃也は両腕を背中で縛《いまし》められた不自由な姿で、命令どおりに四つん這いになった腰を高く掲げてみせた。

背後から、やけにうれしそうに淫靡《いんび》な笑い声が聞こえてくる。

「いいねぇ。本当にきれいな体だ。中も、バージンみたいな可愛いピンク色で……」

わざと口にする清十郎の言葉でどこを見つめられているのかわかり、カーッと頬が上気する。

男に体を開かれて恥じらうほど、もう初心ではなかったけれど、それにしても清十郎の嬲り方はいやらしかった。

「動いちゃだめだよ。勝ったほうが負けたほうを好きにしていい。そういう約束だろ?」

「……ああ」

仕方がないと、諦めたように強ばっていた体の力を抜く。無理やり後ろ手にねじり上げられ、男の着流しの帯で縛られた腕が、引き攣《つ》れて微かに痛んだ。

「素直だね、桃ちゃんは……」

おとなしく命令に従ったことまで、バカ正直だと揶揄《やゆ》するみたいに、おかしそうな男の笑い声がまた聞こえる。

その思いがけず熱い指が、無防備な体の弱い粘膜の縁に触れて、反射的に竦み上がった。

「星崎っ！」

「もう星崎じゃないだろう、桃ちゃん？　俺が先代の姓を継ぐのを、おまえは気に入らないかもしれないけれど……」

言い聞かせるような清十郎の口調に、やはり胸の奥が小さく疼いた。

（気に入らない、わけじゃ……ない）

先代には、ほんの赤ん坊だった頃から育ててもらった恩がある。そればかりか、温厚で懐の広い龍也を、実の父親のように崇拝していた。

その男が決めたことだ。逆らうことなど考えもしなかった。多分、ほかの組員たちだって、桃也と同じ気持ちだろう。

ただ、誠実で責任感の強かった先代に比べ、目の前の男は、組に対しても女性関係もあまりにもいい加減だった。

自分には継ぐことを許されなかった椿の名前を、こんな男があっさり手に入れたことに、どこかで嫉妬しているのかもしれない。

清十郎を傷つけたかったわけではなく、ましてや、彼を殺して組を奪いたいと思ったわけでもない。

先代がその力を見込み、『椿山会』を継いだ男の実力が知りたかっただけだ。なのに、どうしてこんなことになってしまったのだろう。

「……っ！」

やわらかな粘膜の縁をなぞる男の指に、怯えたみたいに思わず息を詰めていた。

「そんなに力むと入らないよ」

「あんたに合わせてやるつもりはない。突っ込みたければ、さっさとそうしろ……」

実際、ろくな相手に抱かれてこなかったから、やさしくされるのにはあまり慣れていなかった。強姦まがいに無理やり犯されることのほうが多かったかもしれない。

慣れない以上に、清十郎の甘やかすような仕種《しぐさ》が妙に気恥ずかしくて、かえって頑《かたく》なになっていく。

「つれないねえ。俺のことが、そんなに嫌いかい？」

「あんただって、俺に惚れてるわけじゃないだろう？」

好みだとは言われたけれど、セックスの相手としてだ。恋人同士でもないのに、甘える演技なんかしてやる義理はないと、横柄《おうへい》に言い返した。

「どうかなあ。俺は、桃ちゃんを可愛いと思ってるけど……」

「なんだそれ……」

清十郎の口ぶりでは、まんざらその気がないわけではないのかもしれない。顔を見れば、桃也に何かと声をかけてきたのも、少しはこういう下心があったらしい。

とはいえ、根っからの女たらしに誠実さを求める気はさらさらなくて、女の子じゃないんだぞと、桃也は呆れた声を返した。

「泣かせたくはないんだけどなあ……」

清十郎は心外だと言いたそうにぼやきながら、ベッドサイドの備え付けの籠に手を伸ばす。そこから透明なパッケージに入った潤滑ゼリーを取って、ピンク色のそれを長い指にまとうと、再び桃也の後孔に触れた。

「……っ、ひっ！」

ひんやりと感じる指が容赦なく中まで犯す。清十郎に言われたとおり、初めてではなかったけれど、久しぶりの生々しい感覚に、無意識に体は強ばった。

「きついね。久しぶりだったかな？」

「だったら？　やめてくれるのか？」

清十郎は、桃也が最近は男に抱かれていないことが、少し意外だったらしい。

それほど淫乱な尻軽《しりがる》だと思われていたのかと、無性に腹が立ってきて、剣呑な声音《こわね》で確かめた。もっとも、清十郎にどう思われようと、そんなことをいちいち気にしている自分のほうが、もっと不愉快で、不可解だった。

「それは無理だな。こんなきれいなお尻を見ちゃったら、俺みたいなろくでなしは抑えが利かないって……」

「そのわりには、余裕があるじゃないか」

人をからかうゆとりはあるくせにと、思わず反論する。

どうしてかはわからない。清十郎とドスを交えて戦った時も、今も、多分、この男と最初に出会った時から、いつの間にかそのペースに巻き込まれ、普段の冷静な自分を失っていた。よほど相性が悪いのかもしれない。

「桃ちゃんの前だからね。見栄を張ってるだけかもしれないよ。触ってみるかい?」

見栄どころか、欲情を隠すつもりさえまったくないように、背中で縛られている桃也の指に、清十郎が自分の性器を押しつけてくる。

張りつめたその大きさと硬さを確かめさせられると、羞恥よりも怯むような気持ちを掻き立てられた。

「男にも、欲情するのか?」

「そりゃ、桃ちゃんみたいにきれいならね。自分の体の価値を、知ってるくせに。先代のために、この体で『水上組』の幹部たちだって誑《たぶら》かしてきたんだろう？」

どうやら、桃也の過去を知る者から、当時のことを根掘り葉掘り聞き出したらしい。組長候補のライバルだった桃也の弱みを握るのは、当然の戦略だ。

武闘派を自認する星崎の人間には、桃也のようなタイプは、さぞかし軟弱で卑劣に見えることだろう。

「俺を軽蔑してるのか？」

「俺はそれほど立派な人間じゃないよ。もっと汚いことだって、平気でやってきた」

同じ穴の狢《むじな》か、それ以下だと笑う清十郎が意外だった。もっと自信過剰な男だと思っていたのに。

「ほしざ……」

また「星崎」と彼を呼びそうになって、桃也は言葉を呑み込んだ。先代が亡くなって間もない今は、「組長」と呼ぶことにも慣れそうにない。

「清十郎。俺のことは、そう呼びなさい」

「なんで？」

「ベッドの中じゃ、名前で呼び合うほうがムードがあるじゃない」

馴れ馴れしく名前で呼べと言われることにも戸惑いがあって、反抗的に訊き返すと、清十郎は楽しそうに答える。

「俺は、あんたの情人《いろ》じゃやないっ……」

「嫌かい？」

「嫌だ」

情人になるのは嫌かと淋しそうなまなざしを向けられて、冗談だとわかっていても、多少、意固地になって拒んだ。

だいたい、桃也にそんなことを求めなくても、清十郎の情人になりたがっている女なんて山ほどいるくせに。

「でも、約束は守ってもらうよ」

「……あうっ！　はっ、あ、あぁぁっ……」

仕返しのように、いきなり中の指を巧妙に動かされ、あられもない声を上げさせられた。清十郎は、慣れきった手口で探り出した弱い部分を責めてくる。

「ここかい？」

「あっ、あ……よせっ！」

体の中を他人に触れられる感覚など、ずっと忘れていた。けれど、一番感じやすい時期にセックスの快楽を教え込まれた肌は、刺激されればせつないほど反応する。

清十郎の前で乱れて、痴態《ちたい》をさらしてしまうことが怖かった。

「気持ちいいんだろう？　ならいいじゃない」

「よくないっ！」

さんざん男の玩具になってきた体だ。今さら何をと思われるだろう。でも、この男にだけは淫らで哀れな自分を知られたくなかった。

「強情だねえ。……でも、やめないよ」

二本に増やした指を、奥へ激しく挿送されて、高く掲げさせられた細い腰が、男を誘うみたいに悩ましくうねる。

「い、やっ……や、だっ。あぁっ、あ、あっ、あ、あ……」

「久しぶりにしちゃ、反応はいいね。中が絡みついてくる。我慢しないで、もっと腰を振っていいんだよ」

「嫌だっ！　嫌っ、いやっ……あぁっ、あぁぁぁ――っ」

背中で縛られ、自由に身動きできない体がもどかしかった。下肢がどうしようもなく熱をおび、淫蕩に揺れ始める。

「噂には聞いていたけど……。椿の若頭の体は『とびっきり極上』だって。噂以上だね」

「誰が、そんな……っ」

不自由な上体をねじり、振り返って清十郎を睨み上げながら訊いた。

「『水上組』の幹部には古い知り合いもいてね……。安心しなさい。組員に洩らしたりしないから……」

「言いたければ、言えっ……」

昔を知らない若い連中には、若頭の桃也に憧れている者もいる。桃也の過去がそんな惨めなものだったと知れば、幻滅するだろう。

ライバルだった桃也を蹴落とし、さらに貶めたいというなら、勝手にしろと、尻の中を弄《いじ》られ、喘ぎながら啖呵《たんか》を切った。

「言わないよ。これ以上、ライバルが増えちゃ敵わない」

「ひっ、嫌ぁ――っ……！」

桃也が男に抱かれて悦ぶ体だと知れ渡れば、恋敵が増える。そんな言葉を洩らす清十郎の真意はわからない。

冷静になろうにも、弱みを揉み込むようにいやらしく指を遣われて、身悶えながら一気に達し、白いシーツに欲望を散らした。

「あっ、あ……」

「我慢が足りないなあ。溜め込むのは体に悪いよ」

「大きな、お世話だっ……」

歪んだ性癖を無理やり植え込まれた体を持てあましても、男漁りをする気にはなれない。かといって、女を抱くことにもためらいがあった。

利害の絡まない恋人同士のセックスどころか、まともな恋愛経験すら持たない桃也を、清十郎は哀れんでいるのだろうか。

「おお。まだ憎まれ口をきく元気はあるんだ。じゃあ、もう少し泣いてもらおうか……」

桃也の精液で濡れた指を、清十郎は妖しく綻んだ後孔へなおもねじ込んでくる。

「なんでっ……？　嫌だっ……」

さっさと清十郎のものを突っ込めと、待ちきれなくなりそうなはしたない下肢を震わせた。

「だめ。桃ちゃんからおねだりするまで、入れてあげないよ」

（まさか……）

触らされた時には、とっくに勃起していた。あれを入れられて、清十郎がイけば終わりだと単純に考えていた。

「俺を嬲るのは……楽しいか？」

「楽しいね。お尻に指を突っ込まれてイく顔なんて、最高に可愛かった……」

「変態っ！」

悪趣味だと、桃也をいじめて笑っている男をなじる。女好きだったばかりか、とんだ節操なしだと、桃也のあさましい反応を楽しんでいる男を責めた。

「ひどいなぁ。お尻の穴を弄られて悦んでる桃ちゃんだって、同類でしょ？」

「俺は……っ」

「好きで堕ちたわけじゃないって？　でも、この体は正直だよね。男に抱かれるのが、好きで好きで堪らない」

「言うなっ！」

レイプされて、死にたいほど苦しんだのは最初だけだ。幼かった肉体は、すぐにセックスの愉悦《ゆえつ》に慣れ、快楽に溺れていった。そういう自分を諦め、受け入れなければ、とっくに壊れていただろう。

「ほら、言っちゃいなさい。ここに……この中に、おちんちんが欲しいって」

わざとらしい露骨な台詞に、噛みしめた唇も、たちまち熱い吐息で解かれる。

「あっ、あ……いや……」

指で擦《こす》られているところがジンジンして、掲げた腰が勝手に動いた。掻き乱されて、頭の中までおかしくなっていく。

「桃ちゃん……？」

「清十……清十郎っ、入れて……。もうっ、あんたの……が、欲しい」

「聞こえないよ。何が欲しい？」

「ちんちん……入れて」

とっくに、そんなことを恥ずかしがるほど初心ではなくなっているのに、口にした瞬間、爪先まで炙《あぶ》られたみたいに熱くなる。けれどそれは、よけいに狂おしい欲情を掻き立てた。

「ほんと、可愛いね、桃ちゃんは……」

それ以上、焦らすつもりはなかったのか、本当に余裕がなくなったのか、腰を抱えた清十郎が火傷《やけど》しそうな屹立を宛がい、ためらいもなく押し入ってきた。

「ひぃぃっ……！　あぁっ！　あぁぁぁ――っ！」

揺さぶられ、最奥まで貫かれて、泣きながら腰を振った。この男に抱かれるのは嫌だったはずなのに、久しぶりに満たされていく激しすぎる歓喜に、ビクビクと四肢がわなないた。

「あんっ、あ、はっ……あぁんっ、あ、あ、いいっ」

「気持ちいいか？」

快楽の深さに、涙があふれて止まらなくなる。頰を伝い、ボロボロとシーツにこぼれて、染みを拡げた。

「まったく、こんなに餓えていたのに、意地を張って。本当に、可愛いね……」

「清……清十郎」

男に何を言われても、もう悦楽しか感じられなかった。早く欲しいと、ねだるみたいに白い尻を揺らす。

「はいはい。じゃあ、俺もいっしょに気持ちよくしてくれよ……」

あやすみたいに囁いて、猛々しく突き上げてくれる熱に、繋がれた下肢から蕩《とろ》けていく。なけなしの理性まで飛ばし、両腕を縛られた不自由さも忘れて、桃也は夢中で淫らな腰を蠢《うごめ》かせた。

「んっ、ん……はあっ、あ……あっ」

「桃ちゃん……」

背中から抱きしめてくる熱い胸と、逞しい腕に包まれて、安心して身を委ね、絶頂へ駆け上がる。

「ああっ、イくっ。もう、イくっ、イくっ……」

「いいよ。いっしょに……」

激しく貫かれて、握りしめてくる男の掌に欲望を解き放った。同時に、体の奥へ叩きつける熱を感じて、桃也の意識はふっと遠ざかった。

3.

「も～もちゃん……今朝も快晴だよ」

すっかり耳に馴染んだ脳天気な男の声が聞こえる。乱れきった布団の中で、桃也は重い瞼《まぶた》を開けた。

目に映ったのは、自室のものではなく、清十郎が先代から譲り受けた『椿山会』組長の私室の天井で、目覚めにそれを見るのも、もう何度目かになる。

「んっ……」

頭痛のひどさに顔を顰《しか》めた。ゆうべはどれだけ飲んだのかと虚ろな記憶をたどって、ハッとする。

無防備な自分の姿を見下ろせば、一糸まとわぬ素肌を包んだぐしゃぐしゃのシーツが目に入った。

（やられたっ……！）

状況を悟って、唇を噛んでも後の祭りだった。腰から下は、身動きするのも億劫なほど恐ろしく重だるい。

何より、ゆうべ体の中で暴れまわった硬い楔《くさび》の感覚が、今も入っているみたいに生々しく残っている。

上体を起こしたまま、桃也は強い後悔に目頭を押さえた。もっとも、それも毎度のことになってしまっていたけれど。

「桃ちゃん？　二日酔いには迎え酒だよ……」

「いりませんっ！」

廊下にまで転がっていた一升瓶を持って戻ってくるお気楽な男を、冷たく一蹴《いっしゅう》して、自分の声にもズキズキする頭をまた押さえる。

「っ、痛っ……」

「大丈夫かい？」

だらしなく腰紐を結んだだけの派手な緋色の襦袢姿で、清十郎は桃也の枕元にしゃがみ込んだ。

「組長は、平気なんですか？」

「いや、俺は、朝からまた飲んでたから……」

どうやら本当に迎え酒をやっていたらしい。その吐息からも酒の臭気が漂ってきて、桃也は思わず片手を伸ばし、男の顔を乱暴に押しのけた。

「ひどいなあ……。あ、臭う？」

「こっちに来ないでください」

「はいはい。本当につれない男だなあ。ゆうべはあんなに何度も、欲しいって泣いてくれたのに……」

「嘘、でしょう？」

七代目『椿山会』組長を襲名した清十郎の傍らで、桃也が若頭を続けることになって、もう二ヶ月が過ぎる。その間の二人の爛《ただ》れきった関係を思えばあり得ない話ではなかったのに、訊き返さずにはいられない。

「あれ〜、覚えてないの？　桃ちゃんのために、あんなにがんばったのに、傷つくなあ……」

「がんばらなくていいですっ。第一、前後不覚になるまで人を酔わせて、強引に布団に引きずり込んだんでしょう……」

「だって、シラフじゃ、桃ちゃん、なかなか相手をしてくれないし……」

清十郎との勝負に負けた代償は、あれ一回きりのはずだったのに、男の軽薄で怠惰なペースに呑まれ、快楽に溺れるセックスだけの関係は、いまだに続いていた。

桃也が本気で拒めば、力ずくで犯すほどの強引さはない代わりに、油断した隙を狡猾に衝いてくるから、レイプされるよりよほど質が悪い。

それに、桃也のほうもいくらかは、この男を利用して今まで満たされることのなかった餓えを満たしているところがあった。

体を開いて甘い愉悦に浸れば、それ以上は桃也に何も求めようとしない清十郎とのフィジカルな関係が、気楽で心地よく思え始めているのも事実かもしれない。

けれど、安心して身を委ねてしまうには、桃也にとって清十郎は今も得体が知れず、危険すぎる男だった。

「俺じゃなくても、あんたになら喜んで股を開く女がいくらでもいるでしょう?」

「ゆうべは、桃ちゃんとセックスしたい気分だったんだよね」

「気分でやりまくらないでください……」

桃也を抱いても、清十郎の態度はまったく変わらない。夜になれば、縄張りの店を飲み歩き、毎晩のように違う女に送られて帰ってきた。たまに朝帰りのこともあったけれど、それを気にするほど桃也も熱くなることはなかった。

気まぐれな男の誘いに乗ってしまう時もあれば、冷たく掌を返すこともある。清十郎はけっして桃也にセックスを強要しないから、男たちの欲望のままに翻弄《ほんろう》されてきた昔に比べ、時にはひどく甘やかされているように感じさえした。

「体、つらいのかい?」

ねだったのは桃也だというのに、身勝手に手加減しろと抗議しても、清十郎はまるで謝罪するかのように心配そうなまなざしを向けてくる。男のそんな反応には慣れないし、なんだか拍子抜けした。

「当たり前……いや、もういいです。今日は、午後から『水上組』の幹部会です。遅れないでくださいね」

どんなに激しく抱き合ったところで、桃也は清十郎の情人ではない。朝になれば、何事もなかったかのように若頭と組長の関係に戻っていた。

清十郎が自分をどう思っているのか、訊いたこともなかったし、男の気持ちを知りたいとも思わなかった。気が向けば抱き合うだけの関係は、桃也の心も体も楽にしてくれる。こんな平穏が、いつまでも続くとは思えなかったけれど。

「またかい？　先月のが終わったところじゃない。面倒なんだよねえ、あれ。メンバーは、おじいちゃんばっかりで、こっちは気を遣うし…。可愛い子でもいれば、気分も乗るんだけどなあ……」

「どこの世界に、あんたが喜ぶような可愛い《組長》がいるんですか？　それに、『若宮組』の組長は同年代でしょう？」

「彼とは話が合わなくてね。嫌われてるみたいだし……」

「どうせ嫌われるようなことをしたんでしょう。ともかく、組の仕事もほとんど俺任せなんですから、幹部会ぐらいはきちんと出席して、体面を保ってくださいね」

「はいはい。有能な若頭には、いつも感謝しています」

桃也の小言《こごと》に、清十郎はすみませんとおとなしく頭を下げる。こうしていると、もう何年もこの男といっしょにいるような気がしてくる。

桃也に対してばかりでなく、最初の反発とは裏腹に、先代が亡くなってわずか二ヶ月ばかりの間に、清十郎は組の中にもあっさりと馴染んでいた。その飄々《ひょうひょう》とした存在感の薄さが、かえって組長が交代した違和感を抱かせないのかもしれない。

「俺の服を、返してください」

桃也を自分の寝室に連れ込んで抱くと、着ていた服を隠して子供みたいな悪戯《いたずら》をする。ニヤニヤ笑っている清十郎に呆れながら、毎度のことになった抗議をした。

「裸じゃ、自分の部屋に戻れないよね」

「清十郎っ……」

「怖いなあ。だから隣の部屋を使えって、あんなに言ってるのに……」

それでも、清十郎のほうにはまだいくらか桃也への執着があるのか、屋敷内の事務所に近い母屋から、組長の居室になっている奥の部屋へ移ってこいと、再三誘われていた。

先代が体調を崩してからは、仕事の代行と身のまわりの世話も兼ねて、一時、桃也が奥の一室で生活していたこともある。けれど、清十郎に代替わりしたあとは、元の自分の部屋に戻っていた。

母屋で居候していた清十郎もそれを知っていて、側に来いと駄々をこねているらしい。

「遠慮しますよ。それじゃ俺の身が保《も》ちません……」

「あれ、隣にいたら、毎晩、相手してくれるんだ」

押し入れから、桃也の洋服の入った乱れ箱を出しながら、清十郎は言質《げんち》を取ったかのようにうれしげに振り返って訊く。

「だから、嫌だと言ってるでしょうっ」

「つれないなあ。これでも、けっこう尽くしてると思うけどな……」

「なら、下半身のことだけじゃなく、真面目に仕事をしてください」

せつなげにぼやく男から服を取り戻して、桃也は手早くそれを身につけながら冷ややかに釘を刺した。

4.

「よう、氷室。椿の組長さんは、相変わらずの余裕で、こんな時間にお出ましかい」

本家『水上組』の会長、権藤《ごんどう》の屋敷まで来てもまだ渋っている清十郎を、なんとかなだめすかして幹部会の部屋に押し込み、ようやく控えの間に入った桃也に、先客が不満そうな声を上げた。

同じ『水上組』傘下の組織だ。『椿山会』先代組長を養父に持ち、子供の頃からこの世界に馴染んでいる桃也には、室内にいる者はほとんど顔馴染みだ。

無礼な言葉をかけてきたのは、新興組織である『東和《とうわ》会』の若頭、東《あずま》だった。ひょろりと痩せこけてはいるが、二メートル近い長身で、目つきがカミソリのように鋭い。

その両眼が、障子戸の前に立つ桃也を、畳に座ったまま威嚇《いかく》するように睨んでいる。

「東さん。時間どおりだと思いますが……」

「新参者《しんざんもの》ってのは、ほかの組長方より先に来て待ってるもんだろうが……」

時間にはギリギリ間に合っている。だが、七代目を襲名したばかりの清十郎が、自分たちよりあとから来たのが気に入らないらしい。

海外から進出してきたマフィアとの抗争や、警察の厳しい取り締まり、組員の減少、力の衰えた古い組のいくつかを吸収した『東和会』は、新興勢力ながら『水上組』の中で大きな力を持ちつつある。

東も、そうした組の力を笠に着たところがあった。つまらない面子《メンツ》だと、桃也は鼻で笑った。

「そうおっしゃるなら、『椿山会』は、あなた方『東和会』よりはるかに歴史のある最古参です。『東和』の組長さんが先に来て待っているほうが筋だと思いますが」

東の皮肉に、どちらの立場が上かを思い知らせるように辛辣《しんらつ》に応酬する。

侮辱を受けて黙っていれば、この世界では舐められる。少しでも障害になりそうな相手は、早々に叩いておくに越したことはなかった。そうでなくても、『水上組』内部での清十郎の地位は、まだまだ盤石のものではない。

「なんだとっ！　元々『椿山会』の身内でもないよそ者に組を乗っ取られた腰抜けが、偉そうな口叩くじゃねーか」

「俺は事実を言ったまでです。それに……うちの組長は、先代の兄弟分だった星崎組長のご子息。身内というなら、これほどふさわしい人間はいません」

筋なら通っていると、桃也は平然と嘯《うそぶ》いた。わずかでも弱みを見せれば、どこまでも食らいついてくるのがヤクザだ。

「おまえはどうなんだ、氷室？　あんなヘラヘラした男に組の跡目を奪われて、おまえが一番、恨んでるんじゃないのか？」

あるいは、新参者の清十郎の立場を悪くするために、本家で一問着《ひともんちゃく》起こせとでも命令されているのかもしれない。『東和会』辺りが使いそうな姑息《こそく》な手だ。

桃也はうっすら笑みを浮かべて、馬鹿にしたような目つきを東に返した。

「なんだ、その目は。言いたいことがあるなら、はっきり言えやっ！」

「いいえ、別に……」

「てめー、氷室っ！」

桃也を挑発するつもりなら、自分が激高《げっこう》していては役に立たない。東ごときでは、組の重《じゅう》鎮《ちん》たちとも渡り合ってきた桃也を手玉に取るなど、十年早い。

「よしてください、東さん。ここは、口論をするような場所じゃありません」

奥に座っていた『若宮組』の柴田《しばた》が、見かねたように止めに入った。彼も、幹部会に出席する組長の剣持に付き添ってきているらしい。

「なんだ。遅れてきた者同士、氷室の肩を持つのか、柴田？　だいたい、ふさわしくないというなら、おまえのところの剣持だって、椿といい勝負だろうが……」

邪魔をされたのが腹立たしいと、東は『若宮組』にも矛先を向けた。

実際、去年、組長が代替わりしたばかりの『若宮組』も、『椿山会』同様、幹部会では注目の的だった。若い組長は、そうでなくとも老人たちに煙たがられる。

「あんた、うちの組長にまで難癖つけるつもりなのか？」

東に侮辱されて、いつもは温厚な柴田も、さすがにムッとして睨み返す。

いい加減やめておけばいいものを、東はさらに怒りを煽るようにせせら笑った。

「どっちも、下半身にだらしなくて、組の仕事は下のモンに任せっぱなしだと、もっぱらの評判だぜ。もっとも腕《うで》っ節《ぷし》のほうは、腕力しか能のない剣持のほうが、女の尻ばっかり追いかけてる椿よりは、まだマシってところか……」

どうやら東は、十七年前の星崎清十郎の武勇伝は聞かされていないらしい。怖いもの知らずなのは勇ましいが、相手の力量を見誤れば恥をかくのは自分だ。

「東さん……」

柴田が静かな殺気を放つ。東が実力を読み間違っているのは、この物静かな『若宮組』の若頭に対してもだ。

「うちの組長が、下半身にだらしがないのは否定しませんが……。あなたがそれを言っても、嫉妬にしか聞こえませんよ、東さん」

柴田まで巻き込めば、よけいな騒ぎになりかねない。室内が剣呑な空気に呑まれる前に、桃也は話を変えた。

「そりゃ、どういう意味だ？」

「クラブ紫苑《しおん》の彩矢《あや》。あなたもご執心《しゅうしん》だったそうですね。先日、酔い潰れたうちの組長を、家まで送ってきていましたが……」

歌舞伎町《かぶきちょう》でも評判の美人ホステスが、七代目を継いだ清十郎に熱を上げているというのは有名な話だ。桃也が、哀れむようなまなざしを東に向けると、ほかの組の幹部たちまで気まずそうに視線をそらした。

「き、貴様っ、俺にケンカを売ってるのか？」

「まさか。俺のケンカは高いですよ。あなたごときに買えますか？」

「試してみるか？」

東は、凶暴な表情で凄んでみせる。一見、優男《やさおとこ》の桃也なら、少し脅かせば怯むと思ったのだろう。

この男が、『東和会』の若頭になって、まだ二年あまりだ。桃也の実力を知らなくても無理はない。

「やめねーか、見苦しい……」

突然、奥の襖《ふすま》が開いて、明るい練色《ねりいろ》の着物と対《つい》の羽織を着た白髪頭《しらがあたま》の小柄な老人が姿を見せた。関東の極道を束ねる『水上組』会長の権藤だ。

「会長っ！」

その場にいた全員が緊張を走らせ、慌てて居住まいを正して頭を下げる。

「氷室、あんまり血の気の多いのをからかうな」

「申し訳ありません」

権藤が先に桃也をいさめたのは、『椿山会』に抑えてくれということだろう。それだけ、『水上組』の中で、『東和会』の影響力が大きくなっているということだ。

それに、気心の知れた桃也なら、権藤の気配りもすぐに察しがつくと読んだのだろう。

「東、おまえもいちいち若造に突っかかるんじゃねぇ」

「はい。すんませんっ……」

すぐに東にも釘を刺したのは、最古参の『椿山会』の顔を立ててのことだ。こういうバランス感覚がなければ、『水上組』の会長は務まらない。

東も、おとなしく引き下がらないわけにはいかなかった。

もっとも、本気で桃也に殴りかかったりすれば、痛い目を見るのは東のほうだ。権藤は、東の面子を守ってやったようなものだった。

「幹部会も大荒れだ。おまえたちぐらいおとなしくしてろ……」

珍しく傘下の幹部たちの前で愚痴めいた言葉を洩らした権藤は、廊下のほうへ身を翻しながら、桃也に目配せする。

桃也は、その権藤の後ろに従って控え室を出た。

5.

幹部会に出席しているはずの権藤会長が、なぜ今頃、控え室なんかに現れたのか、桃也にはわからない。

広い庭を左に見ながら、回廊になった廊下を歩き続けた。やがて離れまで来て、権藤は足を止めた。よほどほかの者には聞かれたくない話があるらしい。

桃也は、権藤から少し下がった位置で、黙ってその小柄な背中を見守った。

「氷室、『椿山会』に変わりはねーか?」

「はい……?」

答えながら、質問の意図を測りかねるまなざしを返した。ただの挨拶なら、こんなところまで来る必要はない。

「星崎の息子を養子に迎え、跡目を継がせたいと、椿から頼まれた時には、正直、わしも迷った。『銀星会』との抗争を知りながら見捨て、星崎の組を潰したのは、わしのようなものだからな」

清十郎が七代目を継いでふた月も経つ今頃になって、権藤らしくもない話だった。それに、

『椿山会』の身内である桃也に迷いを打ち明けるというのも、何かおかしい。

あるいは、幹部会が揉めているという理由に、清十郎の七代目襲名が関係しているのかもしれない。迂闊《うかつ》なことは口にできなかった。

「組長は、『水上組』にはなんの遺恨も持ってはいません」

「わかっておる。だが、『星崎組』がなくなって、その縄張り《シマ》の一部を手に入れた連中には、今度の跡目相続は面白くねーだろう」

「……はい」

なるほど、そういうことかと得心《とくしん》がいく。清十郎が『椿山会』を継いだことに、今なお反対している者がいるということだ。

それが『水上組』の幹部ともなれば、清十郎が幹部会に出たくないとぼやくのも、もっともなことだろう。

まして、ただの新人いじめではなく、かつての『星崎組』の縄張りが絡んでいるとなれば、『東和会』の東が桃也を挑発してきたことにも、不愉快な裏がありそうだ。

さっき、権藤が東を止めにわざわざ入ってきたのも、『東和会』の意図を察したからだろう。

「おまえの言いたいことはわかっている。連中に後ろめたいところがあるだけで、椿にはなんの落ち度もない。だがな、一部の幹部連中が、そのことで浮き足立っているのも事実だ。……

何しろ、星崎は武闘派として知られた極道だった。清十郎は、その父親の血を引いている。ああ見えても、思慮深かった椿の先代よりずっと物騒《ぶっそう》な男だということは、薄々気づいている者もいるだろう」

明るい日射しに緑が眩しい庭園を眺めていた視線を、権藤は桃也に向けた。

「なあ、氷室、組に波風を立ててくれるな」

「会長……」

「わしの弱気を責める者もいるが、今は辛抱してくれ。『水上組』の内部で抗争が起きれば、それだけ組織は弱体化する。少しでも隙を与えれば、我々を解体したがっている警察と、海外のマフィアどもがこの機に乗じて襲いかかってくるのは目に見えている。今は、身内で争っているような時期ではないんだ……」

権藤にとって大切なのは『水上組』だ。本家を守るためなら、『椿山会』の面子が潰れようが、組長の首をすげ替えようが、手段を選ばないというのが本音だろう。

しかし、『椿山会』の組長である清十郎に面と向かって言えるほど、権藤も恥知らずではないということか。

「承知しています」

組の立場はわかっていると、努めて冷静に答えた桃也の瞳を、権藤は念を押すようにじっと覗き込んだ。

「そうか。わかっているなら、いい……」

「なぜ、組長ではなく、俺にそんな話を……？」

桃也だって、『椿山会』の若頭だ。しかも、先代に育てられた桃也は、清十郎以上に組とは関わりが深い。

星崎の血を引く清十郎にはできない話だからといって、桃也にだけ心中を洩らすのも妙だった。

「おまえは、椿龍也が最も信頼した男だからだ」

権藤にとっても、先代は苦労をともにした右腕だった。『東和会』の力が増大したからといって、『椿山会』を蔑《ないがし》ろにするほど腐りたくはないのだろう。

けれど、この狸《たぬき》ジジイの甘言《かんげん》を頭から信じられるほど、桃也は楽に生きてきたわけではなかった。

「……買いかぶりです」

「そうかな。……『椿山会』を頼む」

すぐに踵《きびす》を返し、人目を避けるように足早に母屋へ戻っていく権藤を、桃也は深く頭を下げて見送った。

「鎌を掛けてきたか。食えない爺さんだ……」

ひっそりと呟き、薄い肩を小さく竦めて、やがて長い廊下を歩きだした。

6.

離れで権藤と別れ、控え室に戻る途中で、桃也は廊下の角からいきなり現れた東に行く手を塞がれた。

痩せたハイエナみたいな男は、舌なめずりしそうな目つきで、桃也のほっそりした肢体を上から下まで凝視した。

「さっきは、ずいぶんな啖呵を切ってくれたな」

「本家で騒ぎを起こすのは、あなたも得策とは思いませんが……」

「わかってるよ。組長が、用があるんだと……」

物騒な気配とは裏腹に思いのほかあっさりと引き下がった東は、廊下に面した障子戸を開け、桃也に入れと促した。桃也がそれに従うと、障子戸を閉めて廊下の見張りに立つ。

室内は、昼間にもかかわらずどこか薄暗く、澱んだ空気を感じた。集まっている面子のせいで、そう思ったのかもしれない。

和室に絨毯《じゅうたん》を敷き、接客用のローテーブルのまわりに置かれたソファーには、『東和会』の広瀬《ひろせ》をはじめ四人の組長がバラバラに座っていた。

（なるほどな……）

権藤が、わざわざ控え室までやってきて桃也にあんな話をした理由に、これで得心がいく。

つまりこの顔ぶれが、かつての『星崎組』の縄張りを分割して手に入れ、清十郎の『椿山会』組長襲名に不満を持つ幹部というわけだ。

「久しぶりだな、氷室。なんだか、幹部会の間に、うちの東がおまえに絡んだみたいで、迷惑をかけたな」

真っ先に桃也に声をかけてきたのが、『東和会』組長の広瀬だった。

桃也とは旧知の仲だ。というより、同じ『水上組』傘下という以上に、この男のことは昔からよく知っている。

広瀬の取り巻きにしか見えないまわりの組長たちも、桃也には覚えのある顔が揃っていた。

「いいえ……。それよりも、珍しい顔ぶれですね」

「懐かしいだろう？　昔はよくいっしょに遊んだものだ」

過去を思い出させるような広瀬のぬめりをおびたまなざしが、シックなグレーのスーツに包まれた桃也の肢体を這う。

組長の清十郎を立てる若頭という立場もあり、こういう表立った席では、桃也は努めて目立たないようにふるまい、服装にも気を遣っていた。それでも、際立った美貌は、ある種の嗜好《しこう》を持つ男たちの興味を惹かないわけにはいかなかったけれど。

「そうですね」

桃也は、無礼な視線など目に入らなかったように冷ややかに答えてみせた。それを強がりと取ったのか、広瀬は楽しそうな笑い声を上げる。

「相変わらず、素っ気ないヤツだな。どうだ、今夜辺り久しぶりに『胡蝶《こちょう》』にでも繰り出さないか?」

昔、彼らが桃也をよく連れ込んでいた料亭の名前を出すのも、組のために身も心も翻弄されてきた自分の立場をわきまえておけという脅しのつもりなのだろう。

昔のことでいちいち動揺をみせるほど、桃也もすでに子供ではない。むしろ、過去の凄惨な経験は、桃也を何ものにも揺らがないほど強くしたし、男の下心を見抜く知恵も与えてくれた。

「あいにく、先約がありますので……」

「星崎のお供か。よせよせ、あんな女たらしに付き合ったところで、おまえは何も面白くないだろう。俺たちなら、昔みたいにたっぷりと楽しませてやるぞ」

あれから十年も経っているのに、まだ桃也の体に欲望を掻き立てられるらしい広瀬の執着の深さには、さすがに呆れ、感情を読ませない無表情なまなざしを返す。

「これでも、今は『椿山会』の若頭ですから……」

「若頭、か。……おまえは、あんなよそ者の下で満足しているのか？」

「どういう意味ですか？」

広瀬の口調に、ここへ旧知の関係である桃也を呼び出したわけを薄々察して、確かめるように問い返した。

「言葉のままだよ。いくら椿の兄貴と養子縁組したといっても、星崎は『椿山会』とは直接かかわりのない人間だ。組の連中も、今回の七代目の襲名には不満を抱いていると聞いたぞ」

「誰がそんなデタラメを……」

たとえその噂が事実でも、『椿山会』若頭であり、組長を補佐する立場にある桃也が、ほかの組長たちの前で肯定できるはずはない。根も葉もないことだと、一笑に付した。

「ごまかすなよ。星崎のガキに、一番、不満を持っているのは、若頭のおまえのはずだ」

「先代がお決めになったことです」

桃也は、清十郎への裏切りを唆《そそのか》そうとする広瀬に、あくまでも若頭としての義理を通してみせた。

うっかり挑発に乗って、この老獪《ろうかい》な男に言質を取られたりしたら堪らない。自分の意思を押し殺して、こんな連中の操り人形にされるのは、二度とごめんだった。

「だが、先代は死んじまった。……なあ、氷室、おまえが星崎と『椿山会』を見限るっていうなら、うちの若頭でも任せていいと思ってるんだぜ」

広瀬もバカではない。力だけで、桃也を意のままにできた昔とは違い、懐柔《かいじゅう》するための餌くらいは用意しているようだ。

けれど、その餌には、桃也を自分の手元に置いて、かつてのようにまた慰み者にしたいという薄汚い欲情まで透けて見えた。

「東さんはどうなさるんです……?」

「あいつには、それにふさわしい縄張り《シマ》を分けてやればいい……」

「『椿山会』を潰して、縄張りを分割するつもりですか? かつての『星崎組』のように……」

広瀬の魂胆ぐらい、わからない桃也ではない。棚ぼたで転がり込んできた『星崎組』の縄張りは、よほど美味《うま》かったのだろう。

十七年前には清十郎の父親である星崎組長から、その縄張りを奪い、今度は息子からも『椿山会』を取り上げようという腹だろうと、広瀬に向かってはっきり訊いた。

「星崎を潰したのは、会長のご意向だ。……たとえ、『椿山会』がそうなったとしても、おまえにとっちゃ悪い話じゃないだろう。俺は、いずれはおまえを跡目に指名してもいいとまで考えてるんだ」

「俺を『東和会』の組長に?」

美味すぎる餌だなと、桃也は内心で嘲笑した。

実際、広瀬には自分の欲しかない。若頭の東も、ほかの組員たちも、自分の欲を満たすための道具にすぎない。今は、桃也の体に、『椿山会』の縄張りとセックスの快楽しか見えていないのだろう。

「ああ。どうだ？　『東和会』は、これからますます大きくなる。俺は、椿の兄貴以上に、おまえを可愛く思ってるんだ……」

（可愛い、か……。そういえば、清十郎も俺の顔を見れば言ってるな）

同じように力で屈服させられ抱かれたはずなのに、清十郎の言葉からは、広瀬のそれが与えるような薄汚れた欲情を、なぜか感じることがなかった。

桃也に触れ、抱き寄せて、いつもからかうみたいに耳元で甘く囁く。怒ったり、抗《あらが》ったりしながらも、不思議と心から嫌だと思ったことはない。

「おまえは、このまま星崎にこき使われるだけでいいのかよ？」

広瀬は、表面上どれだけ忠義を尽くしてみせても、桃也が清十郎に不満を抱き、機会があれば彼から『椿山会』を奪い返したがっていると、読んだらしい。

確かに、清十郎を信用できずに、彼に一対一の勝負を挑んだぐらいだから、桃也も今の状況を望んで受け入れたわけではなかった。勝負に負けて以来、清十郎と何度も寝ていても、心から彼に気を許しているわけでもない。

「そうですね。……少し時間をもらえますか。考えてみます」

広瀬の野心に荷担するのは、桃也の本意ではなかったけれど、ここで正直に即答することは利口ではないと判断した。

広瀬のほうは、桃也が拒まないと端《はな》から信じ込んでいたらしい。その返事に満足して、笑顔を見せる。

「ああ。頭のいいおまえのことだ。どっちが得かなんて、すぐにわかるさ」

桃也が組長を裏切ることとさえ確信しているみたいに、ニヤニヤと下品に唇を歪めて笑う。

すでに、『椿山会』といっしょに桃也の体まで手に入れたような男の表情に、反吐《へど》が出そうだった。後継者の話だって、どうせこの場だけの舌先三寸だ。

(どいつもこいつも……)

十年経っても、彼らは桃也をたやすく手に落ちてくる獲物としか見ていない。反対に自分たちが喰われるかもしれないという警戒など、欠片《かけら》も抱いていないらしい。

同じように桃也の体を弄《もてあそ》んでも、けっして本心を垣間見せない清十郎のほうが、この連中よりはよほど手強い相手だった。

「失礼します……」

広瀬に慇懃《いんぎん》に頭を下げ、障子戸を開けて、廊下に出た。

こっそり立ち聞きしていたのだろう。東が絞め殺したそうな目で、桃也を睨んでいる。それを無視して、清十郎の待つ表のほうへ歩きだした。

7.

「も～もちゃん……何、怖い顔して？　考え事かい？」

権藤の屋敷を辞し、桃也は、先に車に乗り込んで待っていた清十郎と、ベンツのリアシートに並んで座った。

遅れてきた言い訳すらしないで黙っていると、清十郎は好奇心を滲ませた目で、桃也の冴えた横顔を覗き込んでくる。

あるいは、清十郎を排斥《はいせき》しようとする広瀬たち幹部の動きを、薄々察しているのかもしれない。彼らが、桃也に接触してくる可能性も、この男の考えには入っているはずだ。

脳天気そうな顔で話しかけてくるこの男も、けっこうな食わせ者だと、桃也は醒《さ》めたまなざしを返した。

「別に……」

「桃ちゃんは策士だからねえ。俺の知らないところで、何か企《たくら》んでるでしょ？」

案の定、平然と探りを入れてくる。策士はどっちだと訊きたくなった。

清十郎のほうこそ、いったい何を企んでいるのか、常に間近にいる桃也にすらまるで読めない。

「それが仕事ですから……」

「悩み事なら、相談に乗るよ。それに、あんまり考えすぎるとお肌によくないよ……」

「どこかのホステスに言うような台詞はやめてください」

真面目なのかふざけているのか、清十郎の言動こそが、桃也を悩ませていた。

時々、心の底まで見透かされているようでヒヤリとするかと思えば、本気で心配されているのだろうかと、ほだされそうになることもある。

実際、質の悪い男だ。まわりの女たちが、清十郎の関心を惹こうとあの手この手を使ってくる気持ちも、わかるような気がする。もっとも、その清十郎と気が向けば抱き合っている桃也だって、あまり褒められたものではないだろう。

「いやいや、桃ちゃんだから心配してるんだって……」

「大きなお世話です」

「でもねえ……」

いつもの戯《ざ》れ言《ごと》にしては、清十郎は珍しく食い下がってくる。

桃也が知らない幹部会の間に、何か気になることでもあったのだろうかと、いくらか真顔で見つめ返した。

「聞いたよ。若頭の控え室で『東和会』の東君とケンカしたんだって……?」

「誰からそんな話を?」

幹部会の中では新参者であり、ましてや広瀬たちに敵視され、微妙な立場に置かれている清十郎に、そんな情報を気安く洩らす人間がいるとも思えない。

もし今、清十郎に近づく人間がいるとすれば、どんな意図を持っているのかわかったものじゃないと、桃也は追及していた。

「剣持君と柴田君が話しているのが、偶然、聞こえてきてね。柴田君をつかまえて、詳しく聞かせてもらったんだ……」

(剣持が……)

若頭との、おそらくは内密の話を、ほかの組長に聞こえるような場所で迂闊にするだろうか。剣持の腹の底までは読めないが、案外、わざと聞かせたのではないかと疑えば疑えた。

清十郎とともに、幹部会の中では異例の若さの『若宮組』組長は、頭は空っぽで、しのぎは若頭の柴田に任せっきり、口より先に手が出る乱暴者と言われているけれど、存外、したたかな男かもしれない。

それに、桃也本人に確かめるよりも先に、よその若頭から裏付けを取っている清十郎も清十郎だ。

「東君に皮肉を言われて、俺のことを庇ってくれたんだってね」

「組員なら、組長《オヤジ》を庇うのは当然のことです」

いかにもうれしそうに話す清十郎に、若頭としての義務を果たしたまでだと、桃也は冷たく答えた。

「でもさ、ああいう場所だと、思わず愚痴をこぼして、いっしょにこき下ろしたりしちゃう人もいるよね。さすがに桃ちゃんはできが違うなあって、感心したんだよ」

「俺は普通です」

「またまたぁ、ご謙遜を。……龍也伯父さんは、そういうところは厳しい人だったからね。桃ちゃんは、俺にはできすぎた若頭だよ」

茶化しているようでも、清十郎の瞳は鋭い。敵味方を読み違えれば、即座に命を落としかねないのが極道の世界だ。

清十郎が誰を味方にし、誰を敵と見なしているのか、桃也にはまだ見当もつかない。

「『東和会』さんも、案外、東君より桃ちゃんが若頭のほうがよかった、なんて、思っているかもね」

先刻、広瀬から言われたとおりの言葉を口にされて、つい、清十郎のおもてを見つめ返していた。

まさか、あの話まで洩れているわけではないだろうが、どんなに軽薄にふるまっているようでも、この男は侮《あなど》れない。

「ん？」

桃也の視線に、清十郎はニコニコと屈託のない笑みを浮かべた。

「確かに、セックスの相手なら、東よりも俺のほうが好みのようですが……」

「おや、広瀬組長に誘われでもしたのかな？」

さりげなく鎌を掛けると、予想どおり身を乗り出してくる。色事への興味のようでも、それだけではないはずだ。

「知っているんでしょう。俺が、昔、『水上組』の接待で、幹部連中や政治家たちの玩具になっていたこと……」

勝負に負けて、初めて清十郎に抱かれた時から、彼は桃也が同性とのセックスに慣れていることを知っていた。それは、外見からの憶測などではなく、桃也の過去の行状《ぎょうじょう》まで知っているということだ。

清十郎は、それを否定しなかった。興味本位だけではない目つきで、桃也のあでやかなおもてを窺う。

「広瀬組長とは、その、昔馴染みなのかい？」

「ええ……」

隠したところで、すでに知っているか、すぐにバレる話だ。嘘をつけば、よけいに疑われる。

桃也は、清十郎の問いに正直にうなずいた。

「なるほどね。桃ちゃんは彼らにとって、特別、というわけか」

「男娼扱いして蔑《さげす》むことを、特別、と言うのなら……」

「それだけじゃないだろう」

広瀬と話していた時の不愉快な気分まで思い出して、いささか皮肉に雑《ま》ぜ返した桃也に、清十郎は冴えたまなざしで笑った。

「桃ちゃんは、『水上組』の接待の相手と内容をすべて把握しているし、そういう裏の弱みも握っている。違うかい？」

確かめるように訊かれて、桃也は肯定も否定もせず、口をつぐんだ。たとえ何を知っていても、もとより他人どころか身内にも、うっかり洩らせるような話ではない。

清十郎のほうも、それはわかっているから、平然と話を続けた。

「龍也伯父さんは、義理堅い人だったからね。君の持つ情報を利用して、組織内で勢力を拡げることもできたのに、そうしなかった。……まあ、伯父さんの仁義を重んじる昔気質《かたぎ》の性格をよく知っているから、連中も安心して桃ちゃんを利用できたんだろう。伯父さんの代わりに、君は『水上組』内部での『椿山会』の地位の安定を図ってきた。今の君は、権藤会長にも一目《いちもく》置かれる存在だ」

「買いかぶりです」

「いやいや、けっこう的を射ていると思うよ。今日だって、会長は、君に会いに行ったんでしょう?」

桃也が想像していた以上に、この男は桃也のことをよく知り、あまつさえ理解しているようだ。それに、権藤会長の行動や意図まで、ちゃっかり観察しているところも、抜け目がない。

「それも、柴田さんから?」

「まあね。剣持君には嫌われたけど、若頭のほうとはちょっと仲良しなんだよ。『若宮組』も少し前に代替わりして、うちと同じような立場だから、味方が欲しいのはお互い様ってところかな」

あの堅物《かたぶつ》の柴田が、女好きでだらしない清十郎と気が合うというのは、意外だった。もっとも、清十郎のほうが勝手にそう思っているだけかもしれないけれど。

ただ、組長同士の感情はともかく、『若宮組』は清十郎の言葉どおり『椿山会』と似たような立場にあった。それに、似ているというなら、むしろかつての『星崎組』に近いことに気づかされる。

「『若宮組』も元は星崎と同じ博徒《ばくと》系で、武闘派と言われた組でしたね……」

「でも、先代は龍也伯父さん同様、温厚で懐の広い人物だったよ。抗争に巻き込まれて、ずいぶん苦労なさったけれどね……」

清十郎は上手くごまかしたけれど、組の本質は別だ。『若宮組』も『星崎組』と同じく長い歴史を持つ『水上組』の中の古参であり、本家への影響力も強かった。

そしてどちらも、力で本家を支えてきた実績がある。経済ヤクザといわれる連中が主流になってきた現代の極道にはそぐわず、その影響力を失ってきたとはいえ、絶対的な暴力が無視できないことは、今も変わらない。

ことに、剣持大吾はその暴力で『水上組』の中で名を知られ、権藤会長すら恐れさせている男だった。

「剣持組長は、腕力だけでのし上がった生粋の武闘派でしょう」

「……らしいね」

桃也の正確な指摘に、清十郎は苦笑を浮かべてうなずく。しかし、桃也との一騎打ちで見せた彼の力は、その剣持とも十分に張り合えるものだった。

もし、清十郎のもとにかつての『星崎組』と縁を持つ極道たちが再び集まるなら、権藤会長も無視できないもうひとつの勢力になるだろう。それが『若宮組』と結びつけば、本家の立場さえ危うくなりかねない。

権藤が、わざわざ桃也に釘を刺しに来た背景には、そうした懸念まであったのかもしれない。

「まあ、あそこはまわりがしっかりしてるから……」

清十郎本人に、その気があるのかないのか。まるっきり他人事《ひとごと》みたいに、のんびりした口調で呟く。

「柴田さん、ですか？」

「そうそう。そういうところも、うちと似てるよね。女房役がしっかりしている」

ギラギラした野心など欠片も感じさせない顔で、清十郎は邪気のない笑い声を上げた。そのおもてを、桃也は不審を隠さずに見つめる。

「組長は……何を考えているんですか？　『若宮組』を味方に引き入れて……」

「大げさだな。幹部会で肩身が狭い新参者同士、助け合おうってだけでしょう。それより、考え込んでるのは桃ちゃんのほうだ。何を考えてるのかな？」

清十郎にそんな表情で否定されると、本気にしてしまいそうだった。

そして、一番悪いタイミングで桃也の弱みを衝いてくるのも、この男の手管《てくだ》だ。油断できない男だということは、よくわかっているのに……。

「あなたは知らなくていいことです」

「秘密主義だねぇ」

「お互い様です……」

いつの間にか、車窓を強い雨が叩いている。水滴に滲んだ街明かりへと、桃也は憂いをおびた瞳を向けた。

8.

（雨か……）

桃也たちを乗せたベンツは、大通りから小さなビルが建ち並んだ少し狭い通りへ入っていく。昼間は店舗や事務所に使われているのだろう。その辺りは、夜間の人通りはほとんどなく、街灯もまばらで暗い。

ハンドルを握っている吉村《よしむら》に気をつけろと声をかけようとして、桃也は、十字路の横から照りつける強烈なライトに目を細めた。

眩しい光が、見る見るすぐ側まで迫ってくる。

（スピードが、落ちない……?!）

権藤会長や広瀬たちとの会話が、瞬間、桃也の頭をよぎった。今、清十郎が誰かに命を狙われたとしても不思議はない。

「吉村っ！　突っ込んでくるぞっ！」

桃也が警告の声を発してすぐ、吉村は交差点でゆるめかけていたアクセルを踏み込んだが、間に合わない。

「組長っ！」

無意識に清十郎を衝撃から庇うように手を伸ばしたつもりが、逆に手首をつかまれ、シートの上に組み敷かれていた。

同時に、派手なブレーキ音とドンという鈍い音がして、車体が大きく揺れる。一瞬、息を止めて、上になっている男の背中を抱きしめた。

「大丈夫かい、桃ちゃん？」

どれだけ心配したのか、らしくもない青ざめた顔で覗き込んできた清十郎に無事を確認され、どっちが大丈夫なんだと、思わずカッとなった。

「あんたは、バカかっ！」

「えっ？」

掠り傷ひとつない桃也に、いきなり怒鳴りつけられて、清十郎は面食らったように呆然と見下ろす。

「組長が、若頭を庇ってどうするんだ……?!」

普通は逆だろうと激しい剣幕で叱りつけると、呑気な男に困ったように苦笑された。

「いや、つい無意識で……」

「どけっ！　伏せてろっ！」

桃也のほうこそ、組長に対しての言葉遣いではなかったけれど、今は謝る気もしなかった。

それに、抗争の中で両親を失ってから、ずっと一人で生きてきた清十郎も、他人にかしずかれることには慣れないのか、桃也がどんな乱暴な物言いをしても、まだ咎《とが》められたことはない。

清十郎の分厚い胸の下からようやく抜け出し、真っ暗な車窓の向こうを窺った。

とたんに、ベンツのボディーに銃弾が撃ち込まれ、頭を下げた桃也のすぐ上で窓ガラスが蜘《く》蛛《も》の巣のようにひび割れる。

「撃ってきたか……」

桃也の無事を確認したあとは、もううろたえた様子もなく、清十郎はひどく煩《わずら》わしそうに呟いた。

その口ぶりでは、おそらく襲撃してきた者の見当もついているのだろう。なのに、あまりの敵意のなさには、桃也のほうが拍子抜けした。

「桃ちゃん、銃《チャカ》持ってる?」

「一丁だけですが……。あとは、サイドシートの下を探ってみてください」

常にやる気のない清十郎だが、反撃するぐらいの気力はあったのか、銃を持っているかと訊かれ、隠し場所を教えた。

組長の清十郎を矢面に立たせるつもりはなかったけれど、最悪、桃也と吉村が殺されたような場合、自分の身を守る武器ぐらいは必要だろう。

襲撃者は、さらに銃弾を撃ち込んでくる。清十郎は、身を伏せたままゴソゴソとシートの下をまさぐった。

「あった。……さすがぁ、用心深いね」

桃也も、そういつも銃なんか持ち歩いているわけではなかったけれど、清十郎が組長を継いでからは、何かときな臭さを感じることも多く、念を入れていたのが、幸か不幸か役に立ったようだ。

清十郎を襲えと命令したのは、広瀬か、広瀬の息がかかった幹部のうちの誰かだろう。

桃也からの返事も聞かないうちに、『椿山会』にケンカを売られたことには、もともとそういう仁義のない連中だと知っていても腹が立った。

こんなところで清十郎を死なせるつもりはなかったし、広瀬たちに自分の価値を教えてやるためにも、鉄砲玉を無事に帰すわけにはいかない。

「俺がやります。吉村……エンジンをかけておけ。ヤツらの銃撃が弱まったら、合図するから車を出せ」

「はい……」

蜘蛛の巣のようにひび割れたガラスを、銃のグリップで叩いて外に崩し、視界を確保する。

銃口を襲撃してきた車の窓に向け、ためらいもなく引き金を引いた。

今度は、相手の車の窓ガラスが派手に割れ、一瞬、銃声が止まる。

「今だ。出せっ！」

吉村に叫びながら、桃也は窓を狙って撃ち続けた。

割れた窓を叩き落とし、身を乗り出して銃を構える黒いジャージ姿の男へ、さらに狙いをつける。

急発進したベンツに狂わされた手元を修正して、ジャージの男を撃った。

暗闇と雨でろくに確認はできなかったが、腕か銃身に当たったらしく、男の手から路面へと銃が転がり落ちた。

「追ってくるぞ……」

ドライバーはまだ無事なのか、相手の車も走りだすのを見て、清十郎が、桃也の背後でのんびりと囁く。

「わかっています。頭を下げていてください」

不用意に覗くなと清十郎を叱咤《しった》して、追ってくる車のタイヤを狙った。

桃也の銃弾を受けた左の前輪がパンクして、コントロールを失った車が、ガードレールに突っ込んでいく。

相手が追ってこられないことを確かめると、桃也はホッとして、割れた窓から強い風と雨が吹き込むシートへ体を戻した。

「怪我は？」

あれだけ怒鳴りつけても、まだ気遣ってくる清十郎に、桃也はシートに凭《もた》れたまま苦笑を返す。

「逆ですよ。……俺なら平気です」

「桃ちゃんが強くて有能なのは知っているけれどね。心配ぐらいはさせてよ」

昔、先代から同じような口調で「おまえは強いな……」と言われたことがあった。あの時の少し淋しそうに見えた男が声に出さなかった気持ちを、清十郎の言葉で初めて理解できた気がした。

降り込む雨から庇うように広い男の胸に引き寄せられて、桃也はとっさに抗いかけた手を止め、濃紺のスーツに顔を埋めた。

9.

「では、おやすみなさい」

先刻の襲撃の件で、『水上組』の対応と警察の動きを清十郎に報告し、桃也は廊下に膝をついて就寝の挨拶をした。

すでに深夜になっている。組長の乗った車が狙われ、いきり立っていた部屋住みの連中も、どうにか落ち着きを取り戻し、引き揚げていったようだ。屋敷の中は、奇妙なほどの静けさを取り戻していた。

「桃ちゃん……」

寝間着に着替えて、布団の中にいる清十郎が、身を翻しかけた桃也を呼び止める。

「今日は幹部会と、そのあとの銃撃のゴタゴタで、疲れちゃってさ。ちょっと、肩揉んでくれないかな?」

下手《したて》に出た清十郎の声音が、その不埒な下心まで桃也に伝えてくる。どうせ本人も、隠すつもりさえないのだろう。

「では、川路《かわじ》をよこします」

「桃ちゃんに揉んでほしいんだけど。ダメかな？」

部屋住みの若い者を来させるからと、わざと素っ気ない返事をすると、ますます甘えた声でねだられて、桃也は小さく溜め息をついた。

「俺も疲れてるんですけど……」

「じゃあ、お互いに揉みっこしようか？」

疲れているどころか、清十郎のほうはやる気満々の顔つきだ。ここで押し問答をする気力さえ失って、桃也は薄い肩を竦めた。

「風呂を使って、着替えてからでいいですか？　どうせ、肩を揉むだけじゃないんでしょう？」

「よくおわかりで……」

雨に濡れたスーツはとっくに乾いていたけれど、気持ち悪いし、汗もかいていた。このまま清十郎の布団に引っ張り込まれるのはごめんだと、しばらく待ってくれと頼んだ。

上機嫌で了解した清十郎に、一礼して立ち上がる。

「桃ちゃん、パジャマはシャネルのNO．5で……」

そのわざとらしく古くさいジョークには、思わずカッとなって、持っていたファイルを投げつけた。

「そんな、怒らなくても……」

「経理の帳簿です。風呂に入ってくる間、俺の代わりにチェックしておいてください」

本当なら今夜中に終わらせるはずだった桃也の仕事だ。残業でサービスを要求するのなら、そのぐらいは手伝ってくれと、お気楽な男を睨みつけた。

「はいはい。急いでね……」

ファイルを片手に、ニコニコと手を振る清十郎にすっかり毒気を抜かれて、桃也はすごすごと廊下を歩きだした。

10

ちょうど居合わせた吉村に湯を張り直してもらった湯船で、桃也は疲れきった手足をゆっくり伸ばした。

少し時間をかけて念入りに体を洗い、寝間着代わりの藍染めの浴衣《ゆかた》に袖を通す。

明かりも落ちて薄暗くなった廊下を、急ぎ足に清十郎の部屋へ向かった。

宵っ張りの連中もすっかり寝入っている時間とはいえ、こんなところを誰かに見られたらと思うとまた溜め息が出る。

年配の組員なら、桃也の過去を知っている者もいるが、若頭を貶めるような話をわざわざしない。

桃也が、同性に抱かれて悦ぶ性癖だということを、若い連中はまったく知らなかった。

知らずに熱っぽいまなざしを向けてくる者もいないわけではなかったが、桃也が相手にしたことは一度もない。

まさか、組長候補のライバルだった清十郎とこんな関係になっているとは、組の誰も思いはしないだろう。

「何をしているんだろうな……」

最初は、命を懸けた勝負に負けたらなんでも言うことをきくという条件で、かなり強引に清十郎に抱かれた。

けれど、こんな関係をズルズル強いられる必要はなかったはずだ。拒めないのではなく、拒まなかったのは桃也自身だ。

力ずくでは、あの男に敵わなかった。

武闘派といわれるヤクザの家に生まれ、抗争の中で両親も組員たちも殺されながら、たった一人で生き抜いてきただけのことはある。桃也の予想より、はるかに凄まじい修羅場《しゅらば》を何度も潜《くぐ》ってきたのだろう。

清十郎の強さは、数え切れない命のやり取りをしてきた者だけが持つ強さだ。どんなに腕を磨いたところで得られるものではない。

それに、権藤会長や広瀬たち幹部の不穏な動きだって、とっくに気づいているのだろう。『若宮組』に近づいたのも、彼らを牽制《けんせい》する意図ぐらいはありそうだ。

もっとも若頭の柴田は、組長の剣持に忠実な用心深い男だから、簡単に清十郎の誘いに乗るとは思えなかった。

清十郎が、こうして桃也にたびたび手を出しているのだって、裏にどんな思惑があるのか知れたものではない。ただ桃也の裏切りを警戒するためにしては、そのセックスは執拗《しつよう》すぎる気がするけれど。

彼が、軽薄な笑顔の下で何を考えているのかは、桃也にもまったく読めなかった。

昔、初恋さえ知る前に、その極上の美貌に目をつけたケダモノみたいな男たちに陵辱《りょうじょく》された。

育ての親の龍也が、桃也にそれを強いることはなかったけれど、彼の側でヤクザになるなら、すべてを受け入れるしかないと覚悟を決めた。

それでも、ほかの子供たちのように死ぬほどひどい目に遭うことがなかったのは、龍也が気を配ってくれていたおかげだろう。

広瀬みたいな真性のサディストでも、桃也を嬲る時にはいくらか遠慮していた。もっとも、接待を受ける相手のほうは、容赦なかったけれど。

男に体を開くことも、仕事だとわりきった。投げやりにも見えるその態度のどこが気に入ったのか、権藤の酒の席には、いつも桃也が呼ばれるようになっていた。

それも、とっくに過去の話だ。大学を卒業し、『椿山会』の正式な組員になる頃には、ほかの子供が桃也の代わりを務めていた。

十年近く過ぎた今になって、広瀬にあんな執着を見せられるとは、思いもしなかった。もちろん、セックスだけが目当てではなく、広瀬にはそれなりの野心もあったが。

三十も過ぎた男の体に、同性の欲望をたぎらせる何があるというのだろう。望めば、少年だろうが少女だろうが、好きに餌食《えじき》にしてきた連中が……。清十郎にしてもそうだ。

(それとも、俺がよほどもの欲しそうに見えるのか……)

初めて抱かれた時から、清十郎にはあさましい餓えを見抜かれていた。

子供の頃から、あんな扱いを当たり前のように受けてきたせいだろう。時々、どうしようもなく男が欲しくて堪らなくなる。

別にそれを恥ずかしいと思いもしなかった。そんな矜持《きょうじ》も羞恥心も、幼い頃にとっくになくしている。

今さら、清十郎に何度抱かれようと、広瀬たちに輪姦《りんかん》されようと、桃也が変わることはない。自分が守るべきものを守るだけだ。どんな手段を使っても……。

昔から、そうやって生きてきた。ただ、龍也を失った時に、本当に守りたかったものをなくしてしまった。

——……なあ、氷室、おまえが星崎と『椿山会』を見限るっていうなら、うちの若頭でも任せていいと思ってるんだぜ。

広瀬の言葉が、耳の奥に蘇る。あの男を信じるつもりも頼るつもりもなかったが、誘いに乗ってみるのは悪くないような気がした。

清十郎のものになった『椿山会』には、なんの義理もない。自分の生き方を変えるには、いい頃合いなのかもしれない。

湯冷めしかけた肩を、小さく竦めた。ほのかな明かりの灯った部屋が、廊下の向こうに見えていた。

11

「組長……」

桃也はひんやりした廊下に膝をついて、障子越しに声をかけた。

「お入り……」

部屋の内から、いかにもうれしそうに弾んだ清十郎の返事が聞こえてきて、静かに障子戸を開け、中に入る。

「他人行儀だなあ、桃ちゃんは……。こんな時は、名前で呼んでほしいのに」

「他人です。馴れ馴れしくする理由はありません」

いつものようにぼやいてみせる清十郎へ、桃也はぴしゃりと冷淡な言葉を浴びせた。

布団に上体を起こして、言いつけどおり帳簿に目を通していたらしい清十郎の後ろへ歩み寄る。

「ん……？」

すぐに布団に入ってこない桃也を、清十郎は怪訝《けげん》そうに振り返った。

「肩を揉めと言ったのは、あなたでしょう？」

「ああ、そうだったね」

すっかり忘れていたと屈託なく笑われて、思わず長い溜め息が洩れる。どうせただの口実なのは、わかりきっていたけれど。

「口実でも、自分が口にしたことくらいは忘れないでください」

「早く桃ちゃんが欲しくて、気が急《せ》いてね」

まるで焦らされていたような台詞を吐くくせに、うっすらと笑う清十郎のおもてには、広瀬たちから感じるようなギラギラした欲望など、みじんも見当たらない。

「嘘が下手《へた》ですね……」

「嘘じゃないよ……。どうしてそう思うの？」

問われても、桃也は口を閉ざしたまま、勝手に清十郎の肩を揉み始めた。

寝間着越しに男の広い背中に触れただけで、湯上がりの火照《ほて》った肌が、さらに熱をおびていく。

そうでなくても慌ただしかったこんな夜に、清十郎がわざわざ桃也を求めてきたわけを、どこかでもう気づいている。

（……この男は、見抜いているんだ。俺が、あの時、欲情していたことを。銃撃されて、撃ち返した。……危険の中に身を置くと、ゾクゾクする）

ベンツのリアシートで清十郎に抱き寄せられ、その胸の中で、我慢しきれないほど高揚していた。

もしも、あの時、彼に求められていたら、たとえ車の中でも奔放に脚を開いただろう。

何度、湯を浴びても、危うい炎が消えることはなかった。体の芯にはまだ、凶暴な興奮が残っている。

先代が、男たちの玩具になっていた桃也を手元から放さず、堅気になれとも言わなかったのは、その本質を理解していたからだろう。

桃也には、実の父母のような平穏な生活は、きっと一生馴染めない。そういうふうに生まれついてしまったのだろう。

「上手いね。先代の肩もよく揉んでいたの？」

「ええ。先代は、あなたみたいな悪戯はなさいませんでしたが……」

浴衣の裾から手を入れて、内腿を撫でまわしている清十郎に、咎めるでもなく皮肉を言った。

男の欲望を拒むことができない、桃也のやりきれない気持ちを知っているのか、清十郎は悪びれない顔で笑う。

「龍也さんは、桃ちゃんを愛していたよ……」

妙にやさしく囁かれた言葉が、養父としてではなく、一人の男としてだと言われていることに気づいた。

「知っています」

「応えることも、できたんじゃないの？」

「……先代は、望まなかったでしょう」

不祥事を起こした男を、先代が『水上組』から預かり、監視していた時に、その男がケンカの巻き添えになった桃也の両親を殺した。龍也は生涯、桃也に対して負い目を感じていた。ましてて、罪滅ぼしにと息子同然に育ててきた桃也を、欲望のままに抱けるような男ではなかった。

「……せつないねえ」

同情したというより、まるで自分のことのように苦しげな清十郎の声が聞こえた。そのくせ、男の不埒な指は、桃也の素足を這い上り、大胆に下腹へ触れてくる。

「あれ、下着、つけてないの？」

「あなたに脱がされるのはごめんです……」

恋人でもない男に、下着を脱がされて悦ぶ趣味はない。恥ずかしいと素直に言えない、意地っ張りな桃也の返答に、清十郎はクスクス笑う。

「ほんと……。そういうところが男を煽るって、わかってる、桃ちゃん？」

腕を取られ、たやすく布団の上に押し倒された。抗う気も起こらずに、抱きしめてくる逞しい腕に身を任せる。

誰も、龍也の代わりになどなれない。桃也の体には触れもしないで、どんな男より深く、激しく愛してくれた。あんな男とは、もう二度と出会えない。

「つらそうだよ……」

耳元で低い声に教えられて、自覚さえなかった桃也は、小さく瞬《まばた》きした。

「俺が？」

「龍也伯父さんが亡くなってから、一度も泣いていないでしょう？　俺の前でも泣けないかい？」

「あなたの前じゃ、なおさら嫌です」

「だよね……」

よくも悪くも、先代の後継者候補のライバルだった清十郎を、桃也が意識せずにはいられなかった気持ちを承知で、男はほろ苦い笑みをこぼす。

「でも、泣きたくなったら、いつでも泣きに来なさい。俺なら、桃ちゃんを好きなだけ泣かせてあげるよ」

清十郎がなぜ、急にそんなことを言いだしたのかわからない。いや、先代が亡くなってから、ずっと気にはしていたのかもしれない。

桃也自身、彼にそう指摘されるまで、自分をおかしいとも思っていなかった。

桃也にとって、生きる意味のすべてだった、誰よりも愛した男を失って、涙さえ出てこなかった。

葬儀の準備、諸々の引き継ぎ、雑多な仕事に追われて、そんなゆとりもなかったから、気づかずにいたのだろう。あの日から、龍也を想って泣いたことは一度もない。

桃也本人すら知らずにいたことを、清十郎はどうして知っていたのだろう。そんなにずっと、桃也だけを見つめていたのか。ライバルだったから……?

「覚悟はできていましたから、必要ありません……」

今さらそれに気づいたからといって、どうなることでもない。清十郎に抱かれて泣くなど論外だとはねつけた。

「そう……」

頑なな桃也の唇を奪う代わりに、慰めるようなキスが白い額に重なる。哀れまれているのだろうかと思いながら、男の腕を振り払えなかった。

シュルシュルと音を立てて帯を解かれ、熱っぽいまなざしに素肌をさらして、素直に脚を開いた。

「そんなに従順だと、逆にいじめたくなる」

「好きにすればいい……」

まだ案じているような顔つきで見下ろしてくる清十郎に、ひどく投げやりに答えた。

いっそのこと、無茶苦茶に犯してくれればいい。そうすれば、思い出しかけた痛みを消してしまえるのに。

「いいの？　縛っちゃうよ」

「ああ……」

甘い声音で脅されて、無防備に目を閉じた。口でなんと言おうと、この男が本気で桃也を引き裂くことはない。彼と一対一で戦った時から、もうわかってしまった。

俯《うつぶ》せにさせられ、後ろにまわされた両腕を帯で縛られた。初めて抱かれた時も、こうやって縛られたなと思い出す。

そんなふうには見えないけれど、案外、サディスティックな嗜好もあったのかもしれない。

（それとも……）

自分の曖昧な態度が煽っているのだろうかと、のし掛かってくる男を振り返った。

「どうした？」

「別に……」

訊かれると、素っ気なく目をそらした。頼りない今の心を、どう説明していいかわからない。もとより、清十郎にそんな弱音を吐くことはできなかった。

この男の胸にすがりついて泣いたところで、桃也の身辺で動き始めたものは、何ひとつ解決しない。

「昔を思い出す?」

「別に……」

本当は、昔、サディストの広瀬に縛られ、ひどい折檻《せっかん》を受けたことをふいに思い出して、少し怖くなったのかもしれない。本家で広瀬と話をするまで、過去の記憶が桃也を怯ませることなどなくなっていたのに。

だからといって、清十郎にそれを打ち明けるつもりも、今さらやめてくれと許しを請うつもりもない。

「気のない返事だねえ……」

浅黒い首を左右に振って桃也の冷淡さをぼやきながら、清十郎は大きな掌で下腹をまさぐってきた。

「そのくせ、こっちはこんなにベトベトにして……」

「あっ……!」

先走りで、性器はとっくに濡れている。それを教えるように握り込んだ指を動かされて、堪らず腰が弾んだ。

「気持ちいい？」

「いい……。あっ、あ、あ……あぁっ」

もう反抗することもなく、素直に甘い喘ぎを洩らした。

乱暴な仕種ひとつなく、桃也の快楽だけを紡いでいく男の手管は、過去には知らなかったものだ。そのせいか、よけいに感じて清十郎の長い指を濡らした。

「舐めてほしい？」

「んっ……舐めてっ」

「今夜はやけに素直だね。……何かあった？」

縛ったまま体を仰向けに戻されて、覗き込んでくる清十郎の視線を、まともに見られなかった。

清十郎の穏やかさに、あやすみたいなセックスに溺れている。無意識に、男の腕に甘えたがっている自分を感じて、鼻白むような気持ちもあった。

広瀬に誘われたことを、どこかで、この男に後ろめたく思っているのかもしれない。打ち明けるつもりなどなかったけれど。

「舐めて……清十郎」

艶めいた言葉でごまかすと、清十郎は仕方ないなと低く笑って、桃也の性器を大胆に銜《くわ》え込む。

（熱い……）

男の唇は身を炙られるように熱くて、悶えながら悩ましく腰を揺らした。

「あんっ、あ、あ、あ……あぁっ、あ……っくぅっ！」

後孔に、いつの間にかゼリーをまとっていた指がねじ込まれてくる。桃也は反射的に体を強ばらせ、潤んだ悲鳴を上げた。

「力を抜きなさい。ほら、イかせてあげるから……」

「あ――っ……あっ、あっ、あ……」

促されたとおりに力をゆるめると、弱いところを揉み込むみたいに責められる。同時に、性器をきつく吸われて、一気に絶頂までさらわれていた。

「あっ！　……ひぃぃっ!!」

達する寸前、清十郎の手に根元をギュッと押さえられて、痛いような苦しさに身をよじる。

「清……っ」

「イかせてほしい？」

見下ろして問いかけてくる男の顔が、涙にぼやけた。いつものように桃也をいじめるだけにしては、その目は笑っていない。

「桃ちゃん、俺に報告することはないかい？」

「なに、を……？」

清十郎の手で無理やり堰き止められた欲望は、内側から身を灼いて、桃也の意識までおかしくさせる。

それでも、清十郎の口調に、わずかばかりの警戒心を取り戻して訊いた。

「今日……いや、もう昨日だけど、『水上組』で何かあったね？　桃ちゃんを悩ませるようなこと……」

襲撃を受ける前から、清十郎は、車に乗り込んだ桃也の様子がいつもと違うことを気にしていた。

隠し事の上手い桃也のほんのささいな表情や気配の差を、これほどたやすく読み取ってしまう男は、ほかにいなかった。清十郎は、桃也にとって危険な存在だ。

「あんたが、襲われた……」

「それは帰りでしょ。その前に、『東和会』の東君と揉めてから、誰かに会った？」

焦らされていつもよりぞんざいに答える桃也へ、清十郎は執拗に追及してきた。桃也の口か

ら、広瀬たちと会っていたことを聞き出したいらしい。

「権藤会長と……」

「それだけ？」

「ああ……」

珍しく真摯な清十郎の目を、まっすぐに見つめ返して嘘をついた。

どうせ、納得してはいないだろう。この男は、広瀬たちの動きにもきっと気づいている。気づいて、いったい何を待っているのか。

「会長には、何を言われたの？」

「『水上組』に波風を立てるな、と……」

「なるほど。会長は君を信頼しているわけだ」

狸ジジイの腹の内など、わかったものではなかったけれど、清十郎は権藤の言葉を信頼と読んだらしい。

息を詰めたまま、卑劣な男を睨み上げた。涙に滲んだ視界で、清十郎はふいにやさしく微笑《ほほえ》んだ。

「よくできました。もう、イっていいよ」

「あ、ひっ……あぁっ、あぁぁぁ――っ!!」

やわらかな粘膜を器用な指の荒々しい挿送に擦られて、呆気なく達した。

その激しい息遣いも治まらないうちに、腰の下に枕を入れられ、突き出すみたいに高くされて、燃えるような屹立が宛がわれる。

男の残酷な意図を察して、桃也は全身で竦み上がった。

「力を抜いて……」

「嫌、だ……」

「意地を張るなよ。まだ満足していないだろう?」

指だけでは満たされない。桃也の体のあさましい貪欲さを、清十郎にはとっくに知られている。

けれど、イったばかりの脆《もろ》い後孔をこの男に犯されれば、自分がどんな痴態をさらしてしまうか、桃也にだってわかっていた。

「嫌だ。こんなふうに、嬲られるのは……」

「ごめんね、桃ちゃん……」

清十郎が、なぜ申し訳なさそうに謝るのか、考えている余裕すら与えられずに、容赦なく腰をねじ込まれた。

濡れそぼった襞《ひだ》をジリジリと犯されていく感触に、小さく咽《むせ》び泣く。

「桃ちゃん……？」

「放せっ……」

「桃ちゃん、桃ちゃん……」

なおも反抗的な声を上げると、名前を呼びながら、あやすみたいに揺らされた。苦しいほどいっぱいに体を満たす楔の熱に、堪《こら》え性《しょう》のない下肢から蕩かされてしまう。

「桃ちゃん……」

初めて椿の屋敷に引き取られた清十郎に出会った時から、その呼び方が嫌いだった。なのに、いつの間にか清十郎には許してしまっていた。

「あっ……あぁっ、はっ、あぁっ、あっ、あ……」

どうしようもなく甘い息づかいが混じり始める。縛められていた帯を知らないうちに解かれ、両腕で広い肩にしがみついた。

わななく掌で大きな背中をまさぐれば、こんなに全身を熱くたぎらせているのに、どこかひんやりとした違和感がある。

（愛染明王《あいぜんみょうおう》……）

愛欲貪染《あいよくどんせん》――人の愛と欲望をつかさどり、獅子の冠をかぶり、全身を真紅に染めた一面六臂《いちめんろっぴ》の忿怒尊《ふんぬそん》。かつての遊女や水商売の女たちが信仰する仏の刺青《いれずみ》を、清十郎はその背に刻んでいた。

軽薄な遊び人を気取っていると見えなくもなかったが、愛とは無縁の地獄のような半生を生き抜いてきた男が、自らの体に愛染明王を彫らせたのは、もっと別の意味があったのかもしれない。

「清十郎っ……」

男の分厚い胸にきつく抱きしめられると、ひどく安心した。セックスの最中に安らぎを感じたのも、この男が初めてだ。

まだ何も知らない無垢《むく》な子供だった頃、先代に抱いてあやされた遠い記憶を、この男は思い出させるのかもしれない。

けれど、甘い愉悦に浸っている暇はなく、猛々しい動きに爛れた粘膜を擦られ、深々と貫かれて、瞬《また》く間に絶頂へと連れ去られる。

汗ばんだ強靱《きょうじん》な腕が、わななく桃也を狂おしく掻き寄せ、ますます結合を強くする。

「清十郎っ……もうっ！」

「いいよ、いっしょに……」

耳元で許しを与えた男の声と同時に、欲望を解き放った。

わずかに遅れて、桃也の体の奥へ流れ込んでくる灼熱を感じ、泣きながら深い陶酔に堕ちていった。

12

「わざと……つけたな」

素肌の上に新しいワイシャツを羽織ろうとして、桃也は、胸や脇腹に点々と紅く残った清十郎の愛撫の痕に眉を顰《ひそ》めた。

幹部会など面倒くさいと興味もなさそうな顔をしながら、『東和会』の広瀬が桃也をどんな目で見ているか、とっくに気づいていたのだろう。広瀬のほかにも、まだ桃也に未練を持っている連中がいるらしい。

あるいは、清十郎に抱かれることで、とっくに忘れかけていた何かが、桃也の中にも目覚め始めているのかもしれない。

(面倒だな……)

セックスは嫌いではなかったけれど、昔のように幹部連中の駆け引きに利用されるのはもう遠慮したい。

それに、男の嫉妬や羨望が、案外、厄介なものだということは、昔から嫌というほど思い知らされていた。

相手が清十郎一人なら、たまに抱き合うことは、桃也の体の餓えも満たしてくれたけれど、それで広瀬に嫉妬なんかされたら堪らない。

ましてや、かつて『星崎組』の縄張りを奪っている広瀬たちは、星崎の血を引く清十郎を警戒し、『水上組』から追放したがっていた。

それればかりか、あわよくば『椿山会』まで奪い取ろうと欲を掻いているらしい。

桃也だって、清十郎には恩も義理もなかったし、もし野心を持って手玉に取るなら、腹の底の読めない男よりも、広瀬程度の俗物のほうがよほど相手にしやすかった。

姿見に映った白い胸の執拗に啄《ついば》まれた痕に、そっと指を這わせる。ゾクリと甘い疼きが走ったのは、巧妙な男の手管を思い出したからだ。

「セックスの相性だけは、最高、か……」

今まで何人の男の玩具になっても、桃也に奉仕を求めるばかりで、あんなふうにあやされ、満たしてくれる相手はいなかった。

清十郎がなぜ、桃也にあれほどやさしく触れるのかわからない。

——龍也さんは、桃ちゃんを愛していたよ……。

あの男は、先代がけっして口にしなかった気持ちを知っていた。義父が愛した桃也を、清十郎はどんな目で見ていたのだろう。

「『せつないねえ……』か……」

どれだけ想っても、触れ合うことは絶対に許されない。そんな恋を、あの男も知っているのかもしれない。

「若頭、車の用意ができました」

廊下から、吉村の声がする。広瀬と約束した時間が迫っていた。

「すぐ行く」

胸に散った花びらのような赤い痕を純白のシャツで隠し、桃也は明るい紺色のサマーウールの上着を羽織り、部屋を出た。

13

ようやく街灯が灯り始めた表通りで車を降りた桃也《とうや》は、吉村《よしむら》をそのまま帰らせた。広瀬《ひろせ》から指定された『胡蝶《こちょう》』までは、少し歩く。

店の前にわざわざ細い路地を設け、奥まったところに入り口を造った高級料亭は、かつて桃也がその身を男たちに弄《もてあそ》ばれていた場所だった。

桃也に過去を思い出させ、彼らには逆らえない立場をわからせようということか。それとも、昔のように桃也をまた嬲《なぶ》りたい下心でもあるのだろうか。

いずれにせよ、広瀬たちの目的は、桃也に清十郎《せいじゅうろう》を始末させ、『椿山会《ちんざんかい》』の縄張《シマ》りごと手に入れることだ。

あるいは、かつて『星崎組《ほしざきぐみ》』の縄張りを濡れ手に粟で手に入れて、味を占めたのかもしれない。

権藤《ごんどう》がなぜ、星崎を潰せと命令しながら、その縄張りにはけっして手を出さなかったのか、彼らは考えてみるべきだった。

権藤はおそらく、星崎の血を、たった一人生き残った清十郎の存在を恐れていたのだろう。

過去に『水上組《みなかみ》』傘下で勇名を馳せてきた『椿山会』『星崎組』、そして『若宮組《わかみや》』。星崎は組長とその妻を失って潰え、若宮は窮地にあった組を維持するために、腕力ですべてを押し通す剣持《けんもち》を引き入れた。

椿《つばき》もまた、先代に子はなく、誰が組長を継ごうと尽きてしまうはずだったその血統に、星崎が養子として入ったのは、『水上組』の幹部たちにとって、計算外の出来事だっただろう。

けれども、彼らの思惑を承知で、権藤は清十郎が椿の名を継ぐことを許した。それは、自らが組を潰す決定を下したことの、今は亡き盟友への罪滅ぼしだったのかもしれない。

しかし、広瀬をはじめとするほとんどの幹部たちは、清十郎の『椿山会』七代目襲名を納得していない。

広瀬が、あてにもならない口約束だけで、桃也を操ろうというのなら、あえて乗ってやるのも悪くはないと思った。

ひょっとしたら、内心を明かそうともせず、甘い腕《かいな》で自分をあやす男の、あの人を食った飄々《ひょうひょう》とした表情が狼狽《ろうばい》するところを見たかったのかもしれない。

権藤だって、しょせんは『水上組』と自分の地位が一番大切なのだ。それらを守るためなら、星崎や若宮を犠牲にしても憚《はばか》らない狸《たぬき》ジジイだった。

あの頃、龍也《たつや》の手前、権藤自身が桃也を抱くことはなかったけれど、広瀬たちが目の前で何をしようとそれを黙認した。

桃也は下衆《げす》な連中に身を弄ばれながら、色と欲にまみれた世界の醜さや、人間のエゴ、表向きには清廉な紳士ぶっていてヤクザ以下の外道《げどう》だっていくらでもいることを学んだ。服を脱いで裸で抱き合えば、上等なスーツの下にある男の本質が面白いほど透けて見えた。もちろん、ヤクザだって世の中のゴミだ。ゴミの中で育ち、自分もゴミになっても、ここにいたいと思ったのは、龍也から受けた無償の愛情がただ恋しかったからだ。

先代が遺した組を、広瀬ごときに渡すつもりはない。利用されるのがどちらか、思い知らせてやる。

店に入り、勝手知った廊下を案内も請わずに奥へ歩いた。覚えのある離れの部屋に明かりが灯り、もう酔っているのか声高《こわだか》な談笑が廊下にまで聞こえてくる。

薄暗い回廊の端に、東《あずま》のひょろりとした長身を見つけた。

近くには灯火もないのに、サングラスの下の目が、桃也の姿を見つけてギラリと光ったような気がする。

(嫌われたらしいな……)

昔から、力押しを売り物にする、この手の相手に好かれたことはない。暴力こそが力だと思っている彼らには、ほっそりとした肢体と同性の欲望すら掻き立てる美貌を持つ桃也のようなタイプは、蔑《さげす》みの対象でしかないらしい。

桃也にしても、身を委ねる価値さえない連中に嫌われたところで、苦にもならなかった。会釈だけして、目の前を通りすぎる。

「男娼《だんしょう》が……」

東の唇から吐き捨てるような呟きが聞こえて、ひっそりと笑った。自分の組長がその男娼に十年越しで執着しているのが、よほど腹に据えかねるらしい。

「氷室《ひむろ》です……」

賑やかな笑い声の響いてくる襖《ふすま》の前で、ひっそりと声をかけた。

「来たか。入れ……」

どんなに騒いでいても、懐かしい桃也の声は聞き逃さないのか、すぐに広瀬が横柄《おうへい》な調子の返事をした。

廊下に膝をついて襖を開けると、室内には、案の定、広瀬とその取り巻きの幹部の三人が、料理と酒の載った座卓を囲んでいる。

たいして広い部屋ではないが、そのほうが密談には都合がいい。人目を憚るような行為をするのにも……。

広瀬の隣には、組員らしいまだ若い男が座って酌をしていた。昔、桃也が座っていた場所だ。

男は、学生と言われても違和感がない年頃で、色が白く、目立ちはしないが今風のやさしげな顔立ちだった。ただ、目元や口元から品性の卑しさが滲んでいる。

広瀬には似合いの情人《いろ》だ。どうやら、この連中の悪癖は、いまだに続いているらしい。

「どうだ、懐かしいだろう？　ほら、こっちにおいで……」

余裕のある態度でふるまっても、よほど桃也を待ちかねていたらしい。広瀬は隣の若い男を冷淡に下座へと追い払い、上機嫌で桃也を側《そば》に手招いた。

桃也は昔のまま、逆らわずにその傍らへ腰を下ろす。とたんに肩を抱き寄せられ、酒臭い息がうなじにかかって、眉を顰《ひそ》めた。

広瀬から話を聞き出すためには、多少の無礼な行為には目をつむる覚悟で、嫌な思い出があるこの店まで来たけれど、立場まで過去に戻るつもりはない。

昔がどうであれ、今の桃也は、『水上組』傘下でも一目置かれる『椿山会』の若頭《わかがしら》だ。『東《とう》和《わ》会』ごときの新興組織にへつらう必要はない。

「話があると、伺いましたが……」

「ああ。話ならいくらでもできるだろう。こうしていても……」

冷ややかな抗議に、どこかうわの空で言い訳しながら、広瀬の手は急《せ》いたように桃也の上着のボタンをはずし、シルクのネクタイを解《ほど》く。

もどかしげに真っ白なワイシャツの胸元をはだけて、一瞬、恥知らずな男が息を呑んで硬直する。

その視線の先を確認するまでもなく、桃也にも広瀬が何を見たかぐらいわかっていた。出がけにも確認した、清十郎が念入りに残してくれた派手なキスマークだ。

こんなものを見れば、今の桃也が誰のものか、同性を抱く趣味のある広瀬でなくとも気づくだろう。

彼らの機嫌を損ね、不審を抱かせることになるとわかった上で、桃也はあえてそれを隠さなかった。

もしかしたら、痕をつけた本人である清十郎も、桃也がそれを誰かに見せることを予想して、こんな悪戯《いたずら》をしたのかもしれなかったが。

「星崎か……?」

興が殺《そ》がれたように、広瀬は険悪な表情で桃也を手荒に突き放した。

組長の玩具《おもちゃ》になっている桃也を汚らわしいとさえ言いたそうだが、同じ穴の狢《むじな》の広瀬に清十郎を非難する権利などありはしない。

「だとしたら?」

「それが、おまえの返事か?」

昔と同じように、桃也がおとなしく尻を振ると思ったら間違いだ。広瀬にそれを思い知らせるには、清十郎の所有の印は効果的だった。

もちろん、清十郎に抱かれているからといって、桃也の気持ちまで彼の上にあるとは限らないことは、この体をさんざん弄んできた広瀬が一番よく知っている。

広瀬の質問にはすぐに返事を与えず、桃也は平然と乱れたシャツを直し、解かれたネクタイを上着のポケットに押し込んだ。そして、感情を抑えたまなざしで、まっすぐに広瀬を見つめ返す。

「あの人は、先代が指名された組長です。俺に逆らえると思いますか?」

「嫌々抱かれていると言うのか?」

桃也の体を、男なしではいられないように仕込んだのも広瀬だ。男に抱かれれば、相手が誰だろうと快楽に悶える淫乱だと知っている。

広瀬は、桃也の気持ちまで、あからさまに疑っているような目つきを向けた。

剝き出しの怒りを湛《たた》えた双眸には、桃也の本心を推し量ろうとする駆け引きより、もっと直接的な清十郎への嫉妬《しっと》が揺らめいている。

(わかりやすい男だな……)

しばらく、のらりくらりと本音を見せない清十郎の相手ばかりしていたから、手に取るように感情の読める広瀬が、物足りなくさえ思えてくる。だからといって、手を抜くことはできない相手だ。

「昔と同じですよ……」

かつて広瀬たちの玩具になっていたのも、今、清十郎に抱かれているのも、組のためであり、自分が生きていくためだと、桃也は素っ気なく答えた。

その言葉を鵜呑《うの》みにしたわけではないだろうが、広瀬のおもてにホッとしたような色が浮かぶ。同時に、自信に満ちた傲慢《ごうまん》な表情まで戻ってくるから、男の単純さに、桃也は内心で苦笑した。

「淫売め。あの男に抱かれて、よがって見せたのか？」

桃也の節操のなさを蔑む広瀬の口調の裏には、清十郎への消すことのできない嫉妬がある。

煩《わずら》わしさを押し隠して、桃也は挑発的な笑みを返した。

「ご存じでしょう……？」

「そうだったな。おまえは、突っ込まれれば誰にでも尻を振る淫乱だった」

「俺の体をそう仕込んだのは、広瀬さんたちです」

無垢《むく》だった体に、暴力と快楽を叩き込まれ、生きながら地獄に堕ちた。

麻薬のようなセックスに溺れ、夜ごとに男たちの腕で悶え、歓喜に泣きながら、桃也が正気を保っていられたのは、先代の恩と深い愛情を常に感じていたからだ。そうでなければ、ほかの子供たちのように、とっくに壊れるか、堕ちるところまで堕ちていただろう。

だが、桃也だけが最後までどんな陵辱《りょうじょく》にも屈しなかったからこそ、広瀬たちの執着もいっそう強かったのかもしれない。

誰に抱かれても、どれだけ苛《さいな》まれても、桃也は変わらなかった。相手が清十郎でも、同じことだ。

桃也の話に納得したのかどうか、広瀬はいくらか落ち着きを取り戻し、また粘い目で細い腰の辺りを見つめた。

下座に控えている若い組員で性欲は満たしているはずなのに、よほど桃也が欲しいらしい。桃也が清十郎に抱かれていることを知って、その嫉妬が広瀬の欲望にさらに火をつけてしまったようだ。

——桃ちゃんは彼らにとって、特別、というわけか。

そう言った清十郎の言葉は、まんざら的外れではなかったのかもしれない。桃也にとっては、望みもしないことだったけれど。

再び胸の中へ引き寄せようとする広瀬の手から、桃也は軽く身をかわした。

「星崎への義理立てか？」

たちまち不機嫌に睨みつけてくる広瀬は、もう清十郎への嫉妬を隠そうともしない。これ以上、広瀬の悋気《りんき》を煽るのは逆効果になりそうだと、桃也は見切りをつけた。

「そうじゃありませんが……。バレたら、拙《まず》いでしょう?」

清十郎に知られてもいいのかと脅すと、広瀬は鼻白んだように手を引く。

今、桃也が彼らと会っていることを清十郎に知られれば、『椿山会』の若頭を使って、組長に造反させるという、せっかくの目論見《もくろみ》が水の泡になる。

広瀬もそのぐらいの理性はまだ残っていたらしく、未練がましく、忌々しそうに桃也を睨みつけた。

その様子が、まるで浮気者と責められているみたいだと、桃也はこっそり肩を竦める。

「ここへは、どう言い訳して出てきたんだ?」

「組長は、女のところです。俺がどこへ行こうと、気にするような人じゃありませんよ」

組員の行動を掌握することより、まず自分の楽しみを優先させる男だ。そう答えた桃也に、広瀬は馬鹿にしたような目を向けた。

女にまったく興味がない広瀬には、桃也を屋敷に残して、女の尻を追いかけまわしている清十郎の行動は、理解できないものらしい。

「ずいぶん、甘やかされているみたいだな」

体のほうもと言いたそうな口ぶりに、桃也はひっそりと笑った。

サディストの広瀬には、数日、足腰が立たないほどひどく嬲られたことも数えきれない。先代に遠慮してさえ、それだったから、もしも桃也が売られたり、さらわれてきた子供の一人だったらと思うとゾッとする。

広瀬の仕打ちに比べれば、清十郎に縛られたことなど、子供の悪戯のようなものだった。けれど、広瀬にしてみれば、桃也が清十郎と寝ていたのは、よほどショックで、腹に据えかねる行為だったようだ。桃也を責める言葉の裏に、いちいち陰湿さが滲んだ。

しかし、今はせいぜい広瀬を焦《じ》らして、この交渉を有利に進めるために、清十郎への嫉妬まで利用すべきだ。

「話をお聞きする前に、確かめたいことがあります……」

「なんだ？」

「先日の幹部会のあと、うちの車を銃撃させたのは、広瀬さんの命令ですか？」

権藤会長の屋敷で話をした時には、広瀬たちは、そんな計画などおくびにも出さなかった。清十郎と同じ車に乗り合わせていた桃也にとっては、彼らにだまし討ちにあったようなものだ。

だからといって、広瀬のやり方を汚いと責めるほど、極道の世界が甘くないことは桃也も承知だった。

ただ、事実関係を確認しておく必要も、ペナルティとして釘を刺しておく必要もあった。

「さあな……」

広瀬は、とぼけてニヤニヤ笑う。その顔つきを見れば、わざわざ彼の口から犯人を確認するまでもなかった。

「おまえも危なかったそうじゃないか……？」

「まさか。あのくらいじゃ、掠り傷ひとつ負わせることもできませんよ。俺にも、組長にも……」

バカバカしいと、なんの痛痒《つうよう》も感じていないように言い放つと、広瀬の笑顔が引き攣《つ》った。

どうせ広瀬自身も、『銀星会《ぎんせいかい》』との抗争を生き延びてきた清十郎を、あんなことで確実に殺せるとは思っていなかったはずだ。むしろ、桃也を自分たちの味方に引き入れるために、ちょっと脅しをかけるぐらいのつもりだったのかもしれない。

あいにく、修羅場《しゅらば》を潜《くぐ》ってきたのは清十郎だけではない。彼とは形は違っても、桃也も地獄なら何度も見たことがあった。

「たいした自信だな」

「俺を、そこの抱かれるだけの人形といっしょにすると、後悔しますよ……」

座卓の向こう側で、ほかの幹部に酌をしている広瀬の情人をチラリと見て、桃也は冷ややかな視線で凄んだ。

一瞬、広瀬が怯むように息を呑んだのは、桃也の白い肌に溺れ、滅んでいった極道《ごくどう》や政治家たちを、よく知っているからだ。『水上組』のために、セックスで男を操るばかりではなく、時に、組に逆らう邪魔者を始末するのも桃也の仕事だった。

桃也の肢体は、男の欲望ばかりではなく、汚れた血に染まっている。肌に滴る鮮血の幻でも見たように、広瀬は青ざめたおもてをそらし、慌てて威厳を取り繕った。

「いいだろう。で、おまえの望みはなんだ？」

「『椿山会』の縄張りすべて……」

本来、自分が先代から受け継ぐべきだった組と縄張りだと主張する桃也に、欲ぼけした広瀬は、とんでもないと目を剥いた。

「そりゃ、欲を掻きすぎだろう。強欲は身を滅ぼすぞ」

欲を掻いているのは、なんの権利もない『椿山会』を、濡れ手に粟で手に入れようと目論んでいる広瀬のほうだ。強欲はどっちだと、桃也は胸の内で皮肉に呟いた。

「もちろん、すぐにとは言いません。いずれ俺に譲ると、お約束いただければ……」

三十歳になったばかりの桃也は、『水上組』の傘下で組長を名乗るには若すぎる。

七つ年上の清十郎や、彼と同世代の剣持でさえ、幹部会の中では若造扱いされていた。先代が、跡目を清十郎に譲ったのには、そうした事情もあったのだろう。

自分の立場は心得ていると話す桃也に、広瀬はあからさまにホッとしたような笑顔を見せた。多少は、うしろめたさを感じていたのかもしれない。

「それなら、問題ない。おまえは、俺の跡目にすると言っただろう?」

広瀬は、心にもない言葉を軽薄に口にする。この男の約束など欠片《かけら》も価値のないことは、過去に何度も目にしていた。

(清十郎は、本心を見せなくても、俺に嘘はつかなかった……)

夜の盛り場で飲んだくれているはずの男の顔を、ふと思い出した。桃也がこうして広瀬と会い、彼を裏切るための密談をしていると知ったら、清十郎は自分を憎み、不実を責めるだろうか。

ここにはいない男への思いにとらわれ、ほんのわずかに意識をそらした桃也を、広瀬はどこか面白くなさそうにじろじろ見つめた。

「桃也……」

昔のように名前で呼んで、内腿へ無造作に手を伸ばしてくる。

清十郎に抱かれることで、昔以上に感じやすくなっている肌は、しかし、広瀬に対してまったく逆の反応を返した。触れられて、ゾッとする。

「すみません。そろそろ組長が帰ってくる時間ですので、失礼します……」

誘いを素っ気なく振り払い、立ち上がった桃也を、広瀬はムッとしたように見上げたが、無理に引き留めようとはしなかった。

「手はずは、また連絡する」

「承知しました」

広瀬と幹部たちにわざとらしいほど丁寧に頭を下げて、桃也は離れの部屋を出た。

14

広瀬の誘いを振りきったせいで、桃也が帰宅したのは、いつもより早い時間だった。誰もいない広い檜《ひのき》の湯船に、ゆっくりと手足を伸ばす。

なめらかな白い胸には、清十郎がゆうべつけた愛撫の痕跡が、まだ鮮やかに残っている。その薔薇《ばら》色に無意識に指を這わせ、ズキンと疼く肌にホッと息を吐いた。

敏感になっている。清十郎に何度も抱かれたためだ。この頃は、男に触れられる前から昂ぶってしまうほど、感じやすくなっている。

もっとも、広瀬に対しては拒絶するような嫌悪感が先に立ったけれど。それでも、あのまま無理やりにでも組み敷かれていたら、きっとあられもない痴態《ちたい》をさらしただろう。

「清十郎……」

どこの女の店に行ったかわからない男の名前を、うっかり呼んでしまってから、皮肉な笑みをこぼした。

一人の男に、何度も抱かれすぎたのかもしれない。同じ義父を持つ男に、情のようなものを、時々、感じ始めていた。

だからといって、清十郎の身代わりに広瀬たちに抱かれるなど、論外だった。サディスト相手のセックスなんて、疲れるだけだ。それくらいなら、清十郎の逞しい腕に揺らされているほうが、ずっと気持ちいい。

——ずいぶん、甘やかされているみたいだな。

広瀬から嫉妬交じりに言われたことを思い出して、クスリと笑う。

「……確かにな」

「何が？」

桃也の独り言に、思いがけない返事が聞こえて、浴室と脱衣場を隔てるガラスの入った板戸が、いきなり開いた。

「も〜もちゃんっ……」

股間さえ隠さず、素っ裸で堂々と入ってくる清十郎に、目を瞠る。風呂場に裸で入ってくるのは当たり前だけれど。

「組長、……いつお帰りに？」

「ついさっき……。そしたら、お風呂の前の廊下で、赤い顔してうろうろしている吉村君を見つけてね」

「吉村が？」

「彼があんな顔で遠慮する相手なんて、桃ちゃんぐらいのものでしょ?」

吉村の顔色から、桃也が風呂に入っていることを読み取って、ここまで入ってきたらしい。

それにしてもと、桃也は、いっしょに入浴する気満々の清十郎の格好を呆れて見た。

「だからって、なんであなたがここにいるんですか? 組長には、自分用の浴室があるでしょう……」

組長の私室になっている奥の部屋には、専用の浴室がついている。部屋住みの連中もいっしょに使うような風呂に、わざわざ入ることもないのにと、男の酔狂を咎《とが》めた。

「だって、桃ちゃんに背中流してほしかったんだもん……」

清十郎の言い訳は、その口調までまるで子供のわがままだ。セックスの関係はあっても、こんなでかい男に甘えられたところでうれしくはないと、桃也は形のいい眉を顰めた。

「酔ってますね。風呂になんか入ったら、心臓に悪いですよ」

清十郎のにやけた顔は、あきらかに酔っ払いのものだ。夜の街へも何度も付き合わされて、彼の常識外れの酒量を知っているから、桃也はいくらか心配になって忠告した。

「俺が風呂で心臓麻痺を起こしたら、喜びそうな人がいっぱいいるけどねぇ」

うふふ……と呑気に笑う清十郎は、その《喜びそうな人》と、桃也がさっきまで会っていたことを知らない。

それとも、薄々何かを感じていて、酔った勢いで鎌を掛けているのだろうか。

「……バカなことを」

「桃ちゃんは、俺が死んだら泣いてくれる?」

千鳥足で近づいてきた清十郎は、檜の浴槽の縁に腰掛け、湯船の中の桃也を見下ろしながら問いかける。

「泣きません……」

「あら、冷たいのね」

「死なせたり、しませんから……」

桃也の冷淡な答えを恨めしそうに嘆いていた清十郎は、その本心を聞いて、目を丸くした。そして、すぐにうれしそうな笑みをこぼす。

「桃ちゃんにそう言われたら、心臓が止まっても生き返りそうだよ」

「もう……二度と、あんな想いはしたくありません」

口に出すと無性に堪らなくなって、桃也は両手を伸ばして、清十郎の首にしがみついた。目の前の男に、別の男の面影が重なった。

龍也が亡くなったのも、心臓だった。長く煩っていたから、とうに覚悟をしていたとはいえ、最後の発作は、ほんの一瞬で愛しい男の命を奪い去った。

——俺なら、桃ちゃんを好きなだけ泣かせてあげるよ。

清十郎に言われた、そんな言葉にほだされたわけではなかったけれど。

思い出せば胸が痛いのに、涙は出てこなかった。いまだに、誰よりも大切だった人のために泣くこともできずにいる。

「桃ちゃん……」

名前を呼ぶ男の膝に軽々と抱き取られ、子供みたいにあやされた。

「思い出させちゃったかな。……ごめんよ」

「なぜ、ですか？　なぜ、あなたはいつも……」

何も言わないのに、清十郎には桃也の心の動きがわかってしまう。一番欲しいものを与えて、桃也を甘やかす。

清十郎がこの屋敷に住み始めて、まだほんの数年しか経たないのに、ずっといっしょに育った兄弟みたいに、桃也が欲しいと思う時に、その腕は差し伸べられていた。

「俺はずっと、桃ちゃんを見てたんだよ。桃ちゃんが覚えてない、ずっと昔から……」

「え……？」

どういう意味かと見上げたまなざしに、清十郎はらしくないほど照れた微笑《ほほえ》みを浮かべる。

「龍也伯父さんと俺の親父《おやじ》は、義兄弟だからね。俺も昔、この家には何度か連れてきてもらったことがあるんだ。その時、桃ちゃんとも会ってる。もっとも、あの頃の桃ちゃんは、人間不信ど真ん中みたいな顔をしてたから……」

「あ……」

当時の清十郎を、桃也のほうはまったく覚えてはいなかったものの、言われたことの察しはついた。

(広瀬たちに、初めて輪姦《まわ》された頃、か……)

まわりなんか見えていなくて当たり前だ。あの頃は、養父である龍也の顔すら、まともに見られなかった。

清十郎の目には、あの頃の自分がどう映っていたのだろう。

「クシャン……!」

耳元でいきなりくしゃみをされて、自分だけの物思いから引き戻された。ずっと裸で桃也を抱きしめていた男は、体が冷えきっている。

「何、してるんですか。風邪をひきますよ」

「いや、酔ってるから平気かと思って……」

男にあやされていた自分のことを棚に上げて叱りつけると、清十郎はヘラヘラと笑う。

軽薄な表情の下には、すべてを呑み込んで桃也を甘やかす男のやさしさが隠されている。だから、惑わされそうになる。

「平気なわけないでしょう。背中を流しますから、洗ったら、すぐに布団に入ってください。湯船に浸かっちゃダメですよ、酔ってるんですから……」

桃也は、努めていつもと変わりない態度を取り続けた。心の中の迷いを、この男に悟られたくはない。

桃也がどれだけ取り繕おうと、清十郎の目には、もうすべて透けて見えているのかもしれないけれど。

「桃ちゃん……」

「はい？」

「お母さんみたいだね」

「あんたみたいな息子、絶対にいりません……」

鼻の下を伸ばした甘えきった顔で見つめられて、調子に乗るなと釘を刺した。

それでも、手のかかる男をシャワーの下に連れて行って、桃也は、真紅の愛染明王《あいぜんみょうおう》を背負う大きな背中を甲斐甲斐しく流し始めた。

15

その日の午後は、清十郎は珍しく事務所に腰を据えて、自分のデスクに頬杖をついてパソコンのディスプレイと睨めっこしていた。

頭は悪くないどころか、組の仕事のほとんどを取り仕切っている桃也が舌を巻くほど鋭い指摘をすることもあるくせに、決定的に落ち着きが足りない男は、事務仕事をひどく嫌っていた。少しでも目を離せば、事務所を抜け出して近くの風俗店を覗きに行こうとするから、傍らのデスクで仕事をしながら、桃也がわがままな組長を監視するのが常だった。

二十歳で抗争に巻き込まれ、両親を失い、自らも獄中に送られた男は、出所してから三年あまり、その反動のように全国の盛り場を渡り歩く風来坊じみた生活をしてきたらしい。清十郎がひとつの場所にじっとしていられないのは、そうした過去も影響しているのかもしれない。

もっとも、先代の客分として椿家に迎えられてからは、たとえ朝帰りになっても、毎日、律《り》儀《ぎ》に帰宅して、清十郎が勝手に屋敷を空けたことは一日もなかった。

桃也も、あんなに気まぐれな男がなぜだろうと、ずっと不思議に思っていたのだけれど。

——俺はずっと、桃ちゃんを見てたんだよ。

酔って、桃也のいる風呂に入ってきた夜、清十郎にそう言われてから、彼に監視されているような気分になった。

いや、監視というのとも、少し違うかもしれない。静かに見守られていると言うべきなのか。男がなぜそんなことをするのか、桃也にはわからない。

最初から恋人同士だったというならともかく、清十郎との関係は、いくらセックスしているとはいえ、どちらにとっても危ういものだ。

「桃ちゃ～ん、ちょっと休憩していい？」

桃也の内心などまったく気に掛けてもいない態度で、清十郎はやる気のない声で、早々と中断を求めてくる。

時計を確かめるまでもなく、午後になって、まだ一時間も経っていなかった。

「さっき、昼食を取ったところでしょう？」

「数字って、どうも苦手で……」

デスクの上へ渋いブラウンのスーツ姿の上体をだらしなく預けた清十郎は、どこから持ってきたのか、指の先で花札を一枚、弄んでいる。

遊びに出たいと、その様子が無言で訴えていたけれど、桃也は頭から無視した。「あんたは子供か？」と喉まで出かかった罵倒《ばとう》を、どうにか呑み込む。

「だからグラフにしてあるでしょう。細かい数字は目を通さなくていいですから、動きだけ把握しておいてください」

組長の清十郎に、しのぎの心配をさせるつもりはもとよりなかった。企業舎弟《しゃてい》や組員たちへの気配りは、先代の頃からすでに若頭の桃也が問題なくこなしている。

ただ、組の資金繰りがどうなっているかぐらいは、大雑把にでも把握しておいてくださいと、清十郎に念を押す。

「こういうの、桃ちゃんのほうが得意じゃない……？」

「決済するのは組長の仕事です」

素人《しろうと》相手のあくどい商売で金をかき集め、『水上組』内部でも幅を利かせている『東和会』ほどではなかったが、『椿山会』は先代からの付き合いの広さと地元企業からの信用もあって、今のところ収入は安定していた。

広瀬が、先代亡きあとも桃也に強引な真似ができずにいるのは、『椿山会』の力が衰えていないせいもある。それだけに、『椿山会』は、縄張りの安定していない新興組織の幹部たちにとって、魅力的な獲物なのだろう。

清十郎一人くらい遊ばせておく余裕は十分にあったけれど、桃也はそこまで七代目を甘やかすつもりはなかった。

第一、『星崎組』の御曹司《おんぞうし》だった清十郎は、組をまとめていく資質も度量も十分に持ち合わせているはずだ。

「これじゃ、幹部会でいびられてるほうが、まだ気楽だなあ」

「お望みなら、いくらでもいびって差し上げますが……。だいたい、あなたはセックスには無駄なスタミナを使っているんだから、せめてあのぐらいの時間は保《も》たせてください」

仕事がつらいとぼやく清十郎に、セックスの時のしつこさを引き合いに出して、なぜたった一時間も机の前に座っていられないのかと嫌みを言った。

「う〜ん……。桃ちゃん……」

「はい……」

「ゆうべは満足したかい？」

デスクにぐったりと突っ伏していた清十郎が、急に顔を上げて、にこやかに訊く。

とっさに、彼に組み敷かれて泣きながら、立て続けに三度もイかされたことを思い出して、うっすらと頬が上気した。

清十郎に向かって、セックスの話なんかしたのが間違いだったかもしれない。この頃では、男の手管《てくだ》にすっかり籠絡《ろうらく》されて、我慢が利かなくなっているのは桃也のほうだった。

「くだらない心配をする暇があるなら、次のデータも確認してくださいね」

この話題は不利だと悟って、仕事に戻れと素っ気なく清十郎を促す。

「は〜い……」

清十郎のほうは、桃也の困惑を知ってか知らずか、まったくやる気のない返事をして、キーボードをポチポチ叩き始めた。

それ以上、清十郎に追及されることもなく、静かな部屋にキーを叩く音だけが響いて、桃也はホッと胸を撫で下ろした。

(集中すれば、人並み以上に優秀なのに……)

清十郎は、高校を卒業すると同時に、実家だったとはいえ極道の世界に身を置いていたらしい。

昔ならともかく、清十郎くらいの年代で『水上組』傘下の幹部クラスとなれば、極道でも大卒が当たり前の時代に、彼の学歴はけっして高いほうではない。

しかし、この男の記憶力の正確さや、先を読む目の確かさは、天性の才に加えて、波乱に富んだ経験の中で培《つちか》われたものだった。

組長の仕事にしても、桃也が教えたことは、土に水が染み込むようにたちまち覚えてしまった。

身勝手で怠惰な男だけれど、縄張りのホステスたちどころか、組員の妻子の誕生日まで覚えていて、こまめに声をかけていることには、桃也も驚かされた。

マウスを持つ手を止めて、長い指を折りながら真剣に数字を数えている清十郎の姿に、こっそり笑って、桃也は自分の仕事に戻った。

「桃ちゃん……」

「なんですか？」

キーを叩く手を止めずに、清十郎が話しかけてくる。ブラインドタッチも、ようやく板についてきたようだ。

「例の銃撃してきた鉄砲玉……。その後の報告は入ってる？」

いくら面倒ごとには興味がない清十郎でも、自分の命が狙われているとなれば、気になるのは当然だった。

「いいえ、『水上組』からは特に何も……。警察も動いていますが、どうせ空振りでしょう」

警察に入ってくる情報は、たいてい極道の情報屋から得ているものだ。当の『水上組』になんの報告もないのに、彼らにわかることはないと、桃也はあっさり断定した。

「本家に何も情報が入ってこないってのはねえ……。おかしいと思わないかい？」

「ええ……」

清十郎の疑惑はもっともだと、桃也も相槌を打つ。誰が情報を握り潰しているかも、清十郎にはもうわかっているのだろう。

「藪《やぶ》をつついて蛇《へび》を出したくはないのかな？　桃ちゃんは、誰が犯人だと思う？」

いきなりストレートに質問されて、桃也はいささか面食らって、ディスプレイを睨んだままの男の顔を見つめた。

広瀬に直に確かめた桃也は、彼が命令を下したことを知っている。けれど、いくら勘の鋭い清十郎でも、そこまで確証を持って訊いているわけではないだろう。

桃也を疑って、揺さぶりをかけているのか。それとも、意地の悪い冗談のつもりだろうか。

「俺がここで何を言っても、意味なんてありませんよ」

言質《げんち》を与えないように、素っ気なくごまかした。今は、広瀬と会っていることを清十郎に知られないほうが賢明だ。

「いや、俺はここを離れていた時間のほうが長いし、『水上組』のことは、桃ちゃんのほうがずっと詳しいじゃない？」

星崎清十郎といえば、『水上組』では知らない者はいない有名人だ。けれど、彼自身は懲役刑を受けていた期間とその後の放浪していた期間の十五年あまり、地元を離れていたのだと、今さらのように思い出した。

もっとも、幹部連中はともかく、本家の古株組員の中には、清十郎と旧知の者もいるらしいから、彼が組の事情を桃也より知らないというのは眉唾《まゆつば》だった。下手《へた》な言い訳をすれば、桃也のほうこそ藪蛇にもなりかねない。

「俺だって、なんでも知っているわけじゃありません」

「この間、桃ちゃんが本家でケンカしてた、東君の……『東和会』って、組長は広瀬さんだったよね」

世間話みたいなのんびりした口調だったが、やっぱりこの男は食わせ者だ。広瀬が本星だと、もう目星はついているらしい。

「ええ……」

「桃ちゃん、広瀬さんのことはよく知っているんでしょ?」

清十郎が、桃也の過去の話をどこまで聞いているかはわからない。

けれど、桃也が広瀬たちの玩具になっていたことぐらい、幹部なら誰でも知っていることだ。ごまかしても意味はなかった。

「……昔の話です」

「俺、あの人にずいぶん嫌われちゃってるみたいなんだよね」

「でしょうね」

鎌を掛けてくる清十郎に、桃也は平然とうなずいてみせた。

誰にでもわかりきっていることを、わざわざ隠したり、とぼけたりすれば、よけいな不審を買う。清十郎が桃也を疑っているならなおさらだ。

桃也が広瀬と通じていることを清十郎が確信するまでは、彼の前では従順な若頭を演じなければならない。

「知ってたの？」

「『東和会』の縄張りは、三分の一が昔の『星崎組』の縄張りなんです。組長の顔を見ると、後ろめたいんでしょう」

「やっぱりそうなんだ。星崎組は十七年も前に潰れちゃって、今さらあの人を恨んだって仕方ないんだけどね」

仕方ないと苦笑する清十郎が、実際、広瀬など歯牙《しが》にも掛けていないことは明らかだった。それが、星崎の血を引く清十郎と、星崎の縄張りを掠め取ってのし上がった広瀬との格の違いだろう。

それはそれで、広瀬が知れば腹が煮えるだろうが、あの男がまともな手段で清十郎に太刀打ちできるとは思えなかった。

だからこそ、広瀬も、性の玩具としてしか見ていなかった桃也を跡目にしたいなんて心にもない嘘をついてまで、利用しようとしているのだろう。

ろう。


「『東和会』に、恨みはないと？」

「今の俺は『椿山会』の組長なんだし、広瀬さんとは同じ『水上組』傘下の組織じゃない」

清十郎の返事は明快だったが、今の『椿山会』と同列に扱われることすら、広瀬には業腹《ごうはら》だろう。

広瀬が狙っているのは、権藤の次の『水上組』会長のポストだ。そのためにも、『椿山会』の縄張りが、喉から手が出るほど欲しいはずだった。

「相手もそう思ってくれればいいですけどね」

「なんとか仲良くできないもんかねえ……」

清十郎のほうは、権藤と同じく『水上組』の内部に波風を立てたくないらしい。『東和会』との抗争など、面倒くさいぐらいにしか思っていないのかもしれない。

おそらく、この男が殺したいのは『銀星会』の張《チャン》だけなのだろう。ほかの相手など目に入らないというのも、凄まじい執念だ。

上着の内ポケットで、携帯のバイブを感じた。素早く相手を確認して、桃也はいったん保留ボタンを押す。

（来たか……）

桃也の携帯には、『椿山会』内部の連絡がひっきりなしに入ってくる。清十郎が気にする様子はなかった。

「失礼します。……俺がはずしていても、サボらず作業してくださいね」

「はいはい……」

またわざとらしく怠《だる》そうに肩を揉む清十郎を残し、桃也は足早に部屋を出た。

16

裏口から駐車場へ出て、用心深く人目のないことを確かめ、桃也は携帯の通話ボタンを押した。

「氷室です……」

「遅いぞ……」

広瀬の文句が、いきなり耳に飛び込んでくる。癇癪《かんしゃく》持ちの男だということは昔から知っているので、桃也はまったく気にしなかった。

「組長といっしょだったんですよ」

「星崎に抱かれていたのか?」

電話に出るのが少し遅れただけで、広瀬は嫉妬深い声音《こわね》で疑った。自分のものだと思っていた桃也と清十郎との関係に、よほど腹を立てているらしい。

桃也のほうには、広瀬に浮気者扱いされて責められる義理などなかったけれど、人の心がそう簡単にわりきれないものだということも知っていた。

「仕事ですよ」

「どんな仕事なんだかな……」

言い訳するでもなく、冷静に説明すると、広瀬はまだ納得しきれない口調で皮肉を返してくる。さすがに、男の疑り深さにうんざりしてきた。

「俺のプライベートを調べるために電話してきたんですか？」

「決行の日取りが決まった。来月の三日に本家で先代の十三回忌が行われる」

いよいよ、清十郎を始末する段取りをつけてきたらしい。先日、本家からの帰りに車を襲わせたのとは違って、今度は広瀬も本気だろう。しかし……。

「そんな時に騒ぎを起こせば、権藤会長が黙っていますか？」

「もちろん、考えはある。『銀星会』を利用するんだ」

小物なりに、悪知恵だけはまわる男だ。いかに『水上組』を取り仕切る権藤でも、相手が『銀星会』となれば、簡単には苦情も言えないだろう。

ましてや、星崎組長の血を引く清十郎にとって、『銀星会』は宿敵だ。いつ抗争になだれ込んだとしても、おかしくはない。

「なるほど、組長にとっても因縁《いんねん》の相手ですね」

「詳しい話がしたい。時間を取れるか？」

桃也にも、腹を括るべき時が来たらしい。広瀬の企《たくら》みに乗って清十郎を害すれば、どんな言い訳をしても、桃也は『椿山会』の裏切り者になる。

けれど、先代もいない今、どんな汚名を着たところで、心は痛まない。むしろ、広瀬の罠《わな》に清十郎がどう抗《あらが》うのか、ひどく興味がわいた。

これで清十郎が死のうが、広瀬が返り討ちに遭おうが、桃也にとってはどっちでもいいことだ。

「金曜の夜なら、組長はいつも女の店です……」

「桃也、今度は覚悟しておけよ」

念を押す広瀬は、どうでも桃也の体を再び嬲りたいらしい。清十郎への嫉妬が、男の欲情によけい火に油を注いだようだ。

「怖いですね……」

桃也は乾いた声で笑って、電話を切った。急に吐き気がこみ上げてきて、口元を押さえる。

(あの男には、何をされても平気だったのに……)

清十郎との勝負に負けて、初めて彼の前で体を開かれた時でさえ、こんな気持ちの悪さは感じなかった。

なのに、粘ついた広瀬の視線を思い出しただけで虫ずが走る。けれど……。

(これが、俺の仕事だ……)

昔から、桃也は組のためならどんな手段もいとわなかった。この体もただの道具だ。守るべきものは、あの頃から何ひとつ変わってはいなかった。

17

いつもより少し華やかな紫がかった紺地のスーツに着替え、桃也が廊下に出ると、偶然、向こうから歩いてくる清十郎と目が合った。

「桃ちゃん、お出かけ？」

「珍しいですね。こんな時間にまだいらっしゃるなんて……」

いつもなら、とっくに若いのを連れて盛り場に繰り出している時間だ。顔を合わせたくなくて時間をずらしたつもりだったのに、嫌なタイミングで出会ってしまったと、内心ではひやりとしたものの、何食わぬ顔で訊き返した。

「うん。朝からちょっと頭が痛くてね。ゆうべ、飲みすぎたかなあ……」

言われてみると、清十郎はまだ寝間着にしている紅絹《もみ》の襦袢《じゅばん》に、だらしなく木綿《もめん》の着流しを羽織ったままだ。

気分が悪いというわりに血色はよかったけれど、数年来、病身の先代を介護してきた桃也は、無意識に相手を気遣っていた。

「少しは酒を控えたほうがいいですよ。いつまでも若くないんですから……」

「おじさんみたいに言わないでよ。俺、まだ三十七だよ」

桃也に歳のことを言われると、清十郎はいかにも傷ついたみたいな口調とまなざしを返してくる。

「組長が鼻の下を伸ばしているホステスたちからすれば、立派なおじさんですよ」

「容赦ないね……」

もう反論の余地もないと思ったのか、清十郎は苦笑を浮かべて、せつなそうにぼやいた。そして、改めて惚れ惚れとした目で桃也を上から下まで眺め返す。

「でも……桃ちゃんも、いいところに行くんじゃないの？　そのスーツ、よく似合ってるね」

ふざけているみたいでも、そういうところは目敏《めざと》い。相手が桃也だと、浮気しに行くような格好が、なおさら気になるのかもしれなかったけれど。

スーツがいつもと違うというだけで、清十郎には、その目的まで見抜かれてしまいそうな怖さがある。

「仕事の話ですよ。いっしょに来てくださいますか……？」

「いやいや、俺は女の子たちと騒いでるほうがいいから、桃ちゃんにお任せするよ」

あえて、いっしょに来るかと鎌を掛けると、清十郎はひらひらと軽薄に右手を振った。

自分が広瀬に身を委ねている間、清十郎はどんな女といっしょに夜を過ごすのだろう。そんなことを考えて、チクリと胸が疼く自分自身に、桃也は心の中で冷笑した。

「出かけるなら、吉村を連れて行ってやってください。あいつ、このところ事務所でも働きづめですから……」

「真面目だからねえ、吉村君……」

桃也に同意するようにうなずく清十郎も、仕事を嫌がるわりには、組員のことはよく見ているらしい。

そのうれしそうに細められた双眸が、自分に向けられていることに気づいて、桃也は小さく首を傾げた。

「なんですか?」

「ん〜、桃ちゃんって、クールに見えて、下の連中にやさしいよね」

見当違いの感心をされると、無性にイラついた。吉村のことを持ち出したのは、清十郎の関心を自分からそらすための方便だ。

「若頭の仕事のうちです……」

「なかなか、そういうところまで気遣ってくれはしないって。……でも、桃ちゃんは運転手なしでいいの?」

素っ気ない桃也の返事にも、清十郎はまだ笑顔を返し、運転手の吉村がいなくて出かけられるのかと気をまわす。

「タクシーを使いますから……」

「そう。気をつけて行っておいで、今夜は満月だ」

時々、この男の言うことは突拍子がない。何か深い意味でもあるのかと、桃也は飄々とした男の顔を窺った。

「……？　何か、関係があるんですか？」

「いや……満月の夜には事故が多いって統計があるらしいから」

「あてになるんですか、それ？」

皮肉に笑い声を上げて、桃也は身を翻した。

遠ざかる背中を、清十郎がじっと見つめているのを感じる。男が気をつけろと言ったのも、やはり意味ありげに聞こえた。

（考えすぎ、か……）

広瀬たちとのことを、何か勘づかれているのかもしれない。けれど、もう引き返すことはできない。

桃也は、屋敷の玄関へ足を速めた。

18

広瀬と約束した時間に、桃也はわざと少し遅れて『胡蝶』に着いた。

癇癪持ちの男が、痺れをきらすギリギリの時間だ。できれば、あの男と逢っている時間は、短いほうがよかった。

昔馴染みの店の女将《おかみ》が、入り口で桃也を待っていた。どうやら広瀬は、本気で桃也を逃がさないつもりなのだろう。

「今夜は、奥の部屋をお使いになるということです」

わかったとうなずいて、この間とは反対の廊下へ歩きだした。

先日、桃也と清十郎の関係を知ってからずっと、想像を逞しくして、嫉妬の炎を燃やし続けていたのだろうか。「今度は覚悟しておけよ」と言った広瀬は、桃也を昔に引き戻して、思う存分、嬲りたいらしい。

勝負に負けて、清十郎に抱かれることは承知したものの、彼のものになると約束したわけではない。桃也が誰と寝ようと、ほかの男にどんな扱いを受けようと、とやかく言われる義理はなかった。

けれど、清十郎なら、桃也が黙っていてもいずれは、相手は広瀬たちだと確信するだろう。

(それが気に入らないなら、俺を『椿山会』から破門でもなんでもすればいい……)

今は、清十郎の組だ。桃也がそれを取り戻すには、現在の組長である清十郎を消すしかない。

だからといって、今さら広瀬の慰みものに戻るのも業腹だったが……。

「氷室です」

室内に声をかけて、金箔が鮮やかに張られた襖を開けた。部屋に敷かれた布団の上に、すでに裸になった広瀬が待っている。

なまめかしい緋色の友禅《ゆうぜん》の布団には、桃也が何度も見てきた、荒縄や拘束具、いくつものバイブが転がっていた。

微かに息を詰めて、桃也は静かに部屋に入って、無言でスーツを脱ぎ落とした。

19

（クソッ……！）

さすがに、今の桃也の立場を気遣ったのだろう。表から見えるところには痕を残されなかったものの、服に隠れた部分は、いくつも血の滲んだミミズ腫れが走り、縄の擦《こす》れた傷が疼いていた。

まして、数えきれない玩具でさんざん陵辱され、男の欲望を何度も注ぎ込まれた体の芯は、感覚もなくなるほど爛《ただ》れきって、そのくせ妖しい熱で今も桃也を内側から灼き続けていた。

すべて心得た女将に手を貸してもらって、なんとかタクシーに乗り込み、人目につきたくなくて、椿の屋敷から離れた場所で降車した。

よろめきながらようやく裏木戸までたどり着いたものの、自分の部屋に歩いて戻る力も尽きかけていた。

叫びすぎた声も嗄《か》れ、かろうじて身なりだけは整えているけれど、やつれた表情は隠せない。

タクシーの運転手は、店から出てきた桃也を、ただの酔っ払いだと思ってくれたようだけれど。組の者たちに、こんな乱れた姿を見られるわけにはいかなかった。

まして、清十郎に見つかれば、何があったのか追及を受けるだろう。自分の部屋に戻るまで、誰の目にも触れることはできない。

大きく肩で息をつき、背中で凭《もた》れていた裏木戸を、力の入らない両手で押し開けた。手入れの行き届いた日本庭園の木々に隠れるように、母屋のほうへふらふら歩く。

あいにくの満月で、月明かりが桃也の影を色濃く地面に映した。

勝手口は、夜遊びに出ていた誰かが通るかもしれない。距離も短くて済むから、濡れ縁から直に上がろうとして、廊下に手をかけた時、バランスを失って足がもつれた。

「桃ちゃん……」

押し殺した声で名前を呼んだ男の強い力に抱き止められ、すくい上げられるようにその腕の中にいた。

「組、長……」

「シッ！　部屋住みの連中ももう寝たから、静かにね……」

熱を持った苦痛に引き攣る手足では抗うこともできないまま、廊下に胡座《あぐら》をかいた清十郎の膝に座らされた。

「飲んでるのかい？」

「少し……」

「そう。でも、あんまり酒の匂いはしないね」

桃也を抱いた清十郎は、月明かりの庭を眺めて、視線を向けようとはしない。それが、惨めな姿を彼には見られたくない桃也を、いくらかホッとさせた。

けれど、男の腕の中というのは、やはり居心地が悪いことに変わりはない。

第一、清十郎の私室からは遠いこんな場所に、なぜ彼はいたのだろう。いくらなんでも、桃也が濡れ縁から屋敷に入ることまでわかるはずはない。

「組長は、何をしていたんですか？」

「月見酒……。いい月が出ているからね。帰ってきて、一人で飲み直してたんだ。そしたら、裏木戸から入ってくる桃ちゃんが見えてね……」

なるほど、濡れ縁からは満月がよく見えた。先代の自慢の築山《つきやま》と月を肴《さかな》に、清十郎が秘蔵の酒を楽しんでいたのも納得がいった。

「知っていたんですか……」

自分が帰宅したところを、最初から彼に見られていたのかと、知らずに身を隠そうと無理をしたこともバカバカしくなって呟いた。

「体、つらいのかい？」

何もかも承知しているかのような男に、ひどくやさしく気遣われて、無意識に藍《あい》の着流しの衿《えり》をぎゅっと握りしめた。

「……平気です」

「そんな顔色じゃないね」

転びかけた桃也を受け止めたあとは、ずっと目をそらしているくせに、彼にはひと目でわかってしまうほど、憔悴《しょうすい》した顔をしているのだろう。

ただの暴力ではなかったことも、もう清十郎にはとっくに悟られている。桃也が、今夜、誰と逢っていたかも。

「……訊かないんですか？」

「訊いたら答えてくれるのかい？」

追及するつもりもなさそうな清十郎の口調は意外で、思わず、その横顔を見上げていた。

彼はやはり、桃也と目を合わせようとはしない。きつい光を湛えた瞳は、静かに銀色の月ばかりを見つめている。

「桃ちゃん、出かける前に仕事だって言ってただろう。なら、それでいい……」

「清……」

何も話さなくていいと言われると、かえって、どう言い訳すればいいのかわからなくなった。

この男には、言い訳すら必要ないような気がしてくる。

「病院に行かなくても大丈夫?」

「大げさですね……」

「なら……」

男は、桃也を抱いたまま、いきなり立ち上がった。細身とはいえ、大人の男を抱えてよろめきもしない。

本当に酒を飲んでいたのだろうかと、疑いたくなってきた。あるいは、深夜まで帰ってこない桃也を待っていたのではないだろうか。

「組長、自分で……」

「歩けるの? 部屋まで戻れる?」

叱るみたいに、いくぶん厳しい声音で確かめられて、自力ではもう一歩も動けそうにない桃也は、唇を嚙みしめた。

「みんなに気づかれたくないなら、今日は俺の部屋にいなさい……」

「でも……」

自分の部屋に戻ったところで、今日は一日、仕事にならないだろう。そんな体で舎弟たちをごまかせるのかと言い聞かされて、桃也は反論もできなかった。

清十郎の部屋なら、不作法に踏み込んでくる者はいない。一日隠れていて、回復すればこっそり部屋に戻ればいい。

ただ、そこまで桃也に便宜を図ってくれる清十郎の意図が、まるで読めない。

桃也が、広瀬たちと会っていたことも、それが彼を陥《おとしい》れるためだということも、察しはついているはずなのに。これでは、まるで……桃也が彼のために動いているみたいだ。

「みんなには二日酔いだと言っておく……」

「……締まらない言い訳ですね」

桃也が清十郎の部屋で、時々、酒の相手をしていることは、舎弟たちも知っている。もちろん、実際には酒の相手だけではなかったけれど、そこまでは疑われていないだろう。

月見酒で酔い潰れたと言えば、確かに言い訳はたつと、力なく笑った桃也を、清十郎は女にするように横抱きにして歩きだす。

襖の向こうから、いくつものいびきが聞こえてくる長い廊下を通り抜け、清十郎の寝室に敷かれた布団に下ろされて、反射的に身を竦ませた。

男に怯えていることが自分でもわかって、見下ろしている清十郎に小さく笑われる。

「待っていなさい」

男は、押し入れから薬箱を取り出し、備え付けの小型の冷蔵庫からミネラルウォーターのペットボトルを持ってきた。

桃也が横たわった布団の枕元に胡座をかいて座り、薬箱の中を引っ掻きまわす。

「ほい、痛み止め……と、水。……妙なクスリは使われてない？」

「……ええ」

清十郎の言動は、桃也が何をされてきたか、とっくにわかっているようだった。

今さらごまかしても仕方がない。桃也は正直に答えて、目を伏せたまま彼から薬と水を受け取った。

「俺が、手当してもいいかい？」

「嫌です……」

素直というより、珍しく感情のままに口走った桃也を、清十郎は怒りもしないで困ったように見つめる。

いつもと少しも変わらない男の態度に、無意識に警戒していた四肢の強張りがゆっくり解けていくようだ。

「でも、自分では無理、ですね」

「すぐに終わらせるから……」

「はい……」

図々しい男らしくもなく遠慮がちに囁かれて、桃也はその手におとなしく身を任せた。

スーツから下着まで、甲斐甲斐しい手つきで脱がせてもらい、彼の目に傷ついた裸身のすべてをさらす。

「消毒するよ……」

清十郎が、いちいち声をかけてから手当をするのは、暴力で体を開かれて、いつになくナーバスになっている桃也が、怯えないように気を遣ってくれているのだろう。

「痛むかい？」

「いいえ……」

細かい傷のひとつひとつまで薬を塗ってもらい、蒸しタオルで爪先まできれいに拭かれて、布団に包み込まれた。

嗜虐《しぎゃく》的なセックスの痕を見ても、清十郎は欲情の気配すら一度も見せなかった。ただ、案じるように桃也のおもてを覗き込んで、額に掌を当てる。

「熱が出てるね。確か、痛み止めには解熱剤も入っていたはずだけど……。少し、眠りなさい」

ずっと子供の頃、桃也が熱を出して寝込むと、先代がこんなふうに心配そうな顔で、一晩中、世話を焼いてくれた。

とっくに忘れていたほど昔の光景が、ふいに鮮やかに蘇ってきて、せつなさが胸を締めつけ

る。

「組長……」

「なんだい？」

「ここに、いてくれますか？」

この男は、龍也ではない。わかっているけれど、清十郎を試すみたいに甘えていた。

ひどく愛しそうな微笑みを返されて、ドキンと心臓が跳ねる。

セックスだけの関係だったせいだろうか。清十郎のこんな表情を見たのは初めてで、よけいに男の心がわからなくなる。

「ああ。ずっといるから、安心しなさい……」

なのに、あやすような言葉にも慰められて、桃也は瞬《また》く間に眠りに落ちていった。

20

バタバタという足音とともに、荒々しい怒鳴り声が聞こえて、桃也は深い眠りを破られた。母屋ならともかく、組長の私室がある奥にまでこんな不作法な声が響いてくるのは、よほどのことがあったのだろう。

布団の足下のほうまで視線をめぐらせても、室内に清十郎の姿は見当たらない。確認したとたん、襖が開いて、いつもと変わらない男の顔が覗いた。

「起きちまったか……」

しまったというその表情は、桃也が外の騒ぎで目を覚まさないか、気を遣ってくれていたらしい。

「何か、あったんですか?」

問いかけた声は、まだ泣きすぎたことがあからさまなほど掠れている。

「うん。吉村君がね……」

「吉村が?」

清十郎が言いにくそうに言葉を濁すのも、こんな体調の桃也に心配をかけたくないからしいが、かまわずに話を促した。

「怪我をしたんだ」

ただの事故などでないことは明らかだ。刺されるか、撃たれるかでもしなければ、こんな騒ぎになりはしない。

思わず上体を起こしかけた桃也は、慌てて駆け寄ってきた清十郎に、布団の上へ押さえ込まれた。

「大丈夫。命に別状はなかったから……」

「どうして、吉村が……？」

「相手は、『銀星会』と名乗ったそうだ。訛《なま》りがあったらしいから、中国人だろうね……」

（始まったか……）

清十郎を陥れるために、『椿山会』の組員をどれだけ傷つけようと、気にするような広瀬ではないだろう。それを承知で広瀬と手を組んだのだから、桃也も同罪だ。

「桃ちゃんのせいじゃないんだから、そんな顔しないの。……そういう危険も承知で、義理と意地を通すのがヤクザの世界だからね。吉村君だってわかっているよ」

「……ええ」

吉村だって、自らこの世界を選んだ人間だ。怪我をすることも、命を落とすかもしれないことも、覚悟の上だと言われれば、そのとおりだった。

しかし、清十郎は本気で、桃也にはなんの責任もないと思っているのだろうか。

桃也が、裏で広瀬たちと繋がっていることは察している。彼らが手を下した可能性を、少しも疑っていないのだろうか。

「具合、どう……？」

桃也の額に大きな掌を当てて、体温を確かめる清十郎の仕種《しぐさ》は、あくまでもいたわりに満ちている。組を窮地に陥れようとする裏切り者への態度ではなかった。

「熱はだいぶ下がったかな……」

「もう大丈夫です。起きますから……」

吉村だけでなく、『銀星会』への疑惑に動揺しているはずのほかの組員たちのことも気にかかった。

こんな時にのんびり寝てはいられないと、桃也が体を起こそうとすると、乱暴ではないが強引な清十郎の手に、布団の中へ押し戻される。

「無理は禁物……。うちの組員は、先代と桃ちゃんの躾《しつけ》がいいから、具合の悪い時ぐらい全部任せても大丈夫だよ」

「でも……」

「ん……？」

もしも、吉村を襲った相手が『銀星会』の身内なら、一番、冷静でいられないのは、彼らと深い因縁を持つ清十郎のはずだった。

なのに、桃也を見下ろして、大丈夫だからと微笑みかけてくる男の表情からは、怒りも興奮も、いっさい感じられない。

「『銀星会』が、気になりませんか？」

「それなんだよね……」

親の敵とずっと憎んできた相手だと、清十郎自身の口から聞かされた。組員を傷つけられれば、むきになるかと思っていたのに、男は意外に慎重な面持ちで首を傾げてみせる。

「吉村君が刺されたせいで、この前の銃撃も『銀星会』だろうと、みんな騒いでるけど。どうも、俺には納得いかなくてねぇ……」

軽い口ぶりとは裏腹に、いつになく冴えたまなざしなのは、やはり『銀星会』の名を聞かされたせいだろう。

それでも、冷静さを崩さずに落ち着いて状況を判断できるのは、この男の怖いところだ。広瀬程度のあさはかな罠など、とても通用しそうになかったが……。

「不審な点でも？」

「もともとが憎み合っていたんだし、俺が『銀星会』の張を殺したがっていることは、向こうも知っている。『椿山会』の組長になった俺を、彼らが狙ってきたとしても、不思議はないよ……」

「なら……」

何が納得いかないのかと、桃也は好奇心に駆られ、重ねて訊いていた。

「けどねぇ、あれは『銀星会』のやり方じゃぁない」

吉村を刺した犯人は『銀星会』ではないと、あっさり断言した清十郎を、布団の中からじっと見上げた。

「本当に『銀星会』が俺の命を狙ってきたなら、あんなもんじゃ済まないよ。最初の銃撃も、吉村君が刺されたことも。もっと人が死んでいるはずだし、たとえ撃退できたとしても、もっと苦労している。張は……あんなぬるい男じゃないよ」

ゾッとするような暗い目が、桃也を覗き込んでいた。いつも軽薄な男のこんな瞳は、初めて見る。

いや、一度だけ、桃也とサシの勝負をしたあの時に、垣間見えはしたけれど。これは、血みどろの地獄を見てきた人間の目だ。

「だからね、今度のことは『銀星会』の仕業に見せかけた、誰かの罠だと思うんだよね」

そう言うと、清十郎は、急ににっこりと笑った。背中を緊張で強ばらせていた桃也が拍子抜けするような、無邪気な笑顔だった。

「まあ、こんな姑息《こそく》な手を使うなんて、取るに足りないヤツだけれど。……俺はねえ、桃ちゃん、龍也伯父さんから『椿山会』を継いだ時、ひとつ決めていることがあるんだよ」

清十郎がそんな話をするのも初耳で、いったいどういうつもりで男が七代目を継いだのかと、桃也は耳を澄ませた。

「『星崎組』は十七年前の抗争で多くの組員を亡くした。だから、俺は俺の組と組員を傷つけた者を、何があっても、二度と許さない、とね……」

仕事と言えば逃げ出して、女の尻ばかり追いかけているようなちゃらんぽらんに見えても、この覚悟がある限り、清十郎は『椿山会』の正統な七代目だ。鋭い光を湛えた双眸には、けっして揺らぐことのない固い決意が映っている。

自分の欲望でしか動かない広瀬が、この男に最初から敵うはずはなかった。

「そんな、怯えた顔をしなさんな。桃ちゃんは、俺の可愛い若頭でしょ?」

笑っていても、清十郎には、広瀬と手を組んだ自分の薄汚い行為のすべてを見透かされているようだった。

桃也は声も立てられず、男の獰猛《どうもう》な野獣のようにギラついた目を、ただ見つめていた。

21

「拙いなあ、椿……」

中庭に面した障子を開け放ち、外に視線を向けたまま、権藤は、背後で正座している清十郎と桃也へ苦言を洩らす。

夜風を入れて、明るい月に照らされる庭を眺めているようにも見えるけれど、それほど風流な男ではない。特に、こんな時には……。

権藤が立っている場所からは、庭だけでなく、離れに続く廊下まで見渡せた。清十郎との話を立ち聞きする者がいないことを、自ら確認しているのだろう。

本家と言われる『水上組』の会長でさえこの様子では、広瀬の息のかかった者がここにもかなり入り込んでいる可能性が高い。

権藤自身は、『水上組』内部の『東和会』の勢力を、どう思っているのだろう。少なくとも、彼が喜んでいるとは考えにくかった。

桃也が、清十郎とともに権藤の屋敷に呼び出されたのは、夜も遅くなってのことだった。それも、広瀬に情報が伝わるのを警戒してのことかもしれない。

本家にとって重要な行事である先代の十三回忌が近づいているのに、吉村が刺された事件以来、『椿山会』と『銀星会』との間では小競り合いが絶えなかった。

権藤が直々に清十郎を呼び寄せたのも、そうしたきな臭い状況を憂慮してのことだろうが、事件の裏に広瀬の思惑が働いていることを、薄々は察しているのかもしれない。

「うちの連中には、迂闊《うかつ》に挑発に乗るなと言ってあるんですがねぇ。どうも、どこかで大げさな噂を流して煽ってるヤツがいるみたいで……」

清十郎がいくら若い組員たちを抑えようとしたところで、身内である吉村に大怪我を負わされたせいで、血気に逸《はや》る者もいた。

まして、『銀星会』の本当の狙いは、組長の清十郎なのだから、彼自身がいさめるにも限界があった。

それに、組員たちに絡んでいる相手が、すべて『銀星会』の身内かどうかも怪しいものだった。

中には、広瀬たちが雇った《成りすまし》もいるようだ。そういう連中が、『椿山会』と『銀星会』の双方を煽っているから、収まりのつくはずがなかった。

「煽って……?」

「会長は、この件の裏にいる人間を、もうご存じなんじゃありませんか?」

どういう意味かと問いかける権藤に、清十郎はわかっていてとぼけているんじゃないかと、あからさまな疑いの目を向ける。

「なんのことだ……？」

「いえ、言葉のままの意味なんですけどね」

いつもの飄々とした口調で、清十郎は権藤の痛いところを突いた。

実際、広瀬が動いていることを承知で見逃しているなら、『椿山会』が権藤に咎められる筋合いではない。

「わたしが、『椿山会』に『銀星会』をけしかけているとでも言いたいのか？」

「いいえぇ。ただ、その誰かを黙認していらっしゃるんじゃないかと……」

清十郎があまりにもズケズケとものを言うから、側で見ている桃也は、さすがにハラハラした。

本気で権藤の怒りを買えば、いくら『椿山会』の七代目でもただでは済まない。

「椿、口がすぎるぞ」

「すみません。俺は根が正直なもんでね」

権藤自らに言いすぎだとたしなめられても、清十郎はまったく悪びれない態度で、とても謝罪とは思えない言葉を返す。

「わたしにそんな口をきくのは、おまえと『若宮組』の剣持ぐらいのものだ」

権藤は、清十郎のふてぶてしさを怒るよりも、もはや呆れたようにぼやいた。

「いやいや、剣持組長は、会長とはほとんど話もしないでしょう。あの人、嫌いな相手とは口をきかないみたいだから……」

「椿……」

言っていいことと悪いことがあると、権藤は辟易《へきえき》したように顔を顰《しか》めた。

剣持組長が、権藤を「腰抜け」と毛嫌いしているのは、『水上組』傘下では有名な話だが、やはり言われる本人にとっては面白いことではないだろう。

「組長のおまえがそんな態度じゃ、『椿山会』がよそと揉めるのも無理はないな」

権藤が吐き捨てるように呟いたとたん、清十郎のまとう気配が、それまでの穏やかさから急変した。

「俺のことはなんと言われようと、俺の不徳ですが、組や氷室のことまで侮辱はさせませんよ。少なくとも、今回の件で『椿山会』にはなんの落ち度もありません」

一瞬、海千山千の古狸の権藤が、清十郎の気迫に怯んだ。

清十郎が庇《かば》っているのは、組そのものより、いっしょに呼び出しを受けた桃也のほうだ。清十郎の怒りは、『水上組』のために桃也の身も心も利用してきた権藤への怒りに見えた。

だからこそ、疚《やま》しいところのある権藤は、よけいにうろたえたのだろう。あるいは、清十郎の向こうに、かつての盟友だった先代の面影でもチラついたのかもしれない。

「わかっているだろうが、今度の法要には、関西との同盟という重要な意味がある。十三回忌は建前で、実際には招待した関西の親分衆との顔つなぎだ。絶対に騒ぎがあってはならん」

清十郎の脅しに折れたとは思えなかったが、権藤はそれ以上、『椿山会』の責任は追及せずに、肝心の用件に戻った。

「承知しています」

清十郎も、何食わぬ顔で権藤の言葉にうなずいた。

このところ頻繁に幹部会が招集されていたのも、関西との同盟の下準備だった。

海外、特に中国系のマフィアが強力な武器を持ち込んでいる今、組織の生き残りは、東西を問わず頭の痛い問題になってきている。国内の組織が連携して強化を図るのも、自然な成り行きだろう。

「何かあれば、『椿山会』ひとつ潰すだけでは済まされんぞ」

「俺の命に代えても、ご迷惑はおかけしません」

責任は命で取ると権藤に言い放ち、席を立った清十郎のあとを、桃也は足早に追いかけた。

ここまでは、『椿山会』と清十郎を追いつめるという、広瀬の思惑どおりの展開だった。

だが、最悪の状況に追い込まれることがわかっていて、あんな啖呵《たんか》を切るような清十郎とも思えなかった。

「いいんですか、あんな約束をして……？」

ある程度、会長の部屋から離れて、問いかけた桃也を、先を歩いていた清十郎が悪戯っぽい目つきで振り返った。

「俺を心配してくれるのかい？」

「あなたが墓穴を掘るのは勝手ですが、組を巻き込まれるのは困ります」

本当は、桃也は清十郎の身の心配しかしていなかった。広瀬の目的は、まず邪魔になる清十郎を『水上組』から排除することだ。

けれど、いつもの調子で素っ気ない答えを返すと、清十郎のほうも苦笑して、わざとらしくせつなげな溜め息を洩らす。

「相変わらず、冷たいねえ……」

「何を企んでいるんですか？」

「企んでるのは、俺じゃないさ……。『椿山会』を追いつめて、潰したい人間がいるんでしょ。それなら、ああ言ったほうが動きやすいじゃない」

清十郎は、相手が誰とは言わない。けれど、自分を狙っているのが広瀬だと確信していることは、今までの言動からも明白だった。

「わざと、挑発したんですか？　そんなことをして、何かあったら……」

「責任を取るのは、『椿山会』じゃなく、騒ぎを起こした相手だよ」

自信たっぷりに言われると、清十郎には確かな勝算があって、権藤に大見得《おおみえ》を切ったようにも思えてくる。

何度、体を重ねても、得体の知れない男の横顔を、桃也は訝《いぶか》しく見つめていた。

22

法要の当日、清十郎は、怪我をしている吉村の代わりに、組員になって間もない岩田《いわた》の運転で屋敷を出発した。

広瀬も馬鹿ではない。先代の法要に合わせて東西の暴力団の幹部が顔を揃えるため、警察も厳重に警戒している寺を、わざわざ襲撃するはずがない。清十郎の命を狙うなら、寺へ向かう途中のどこかだ。

それぐらい読めない清十郎ではないはずなのに、特に警戒した素振りもない。誰かに命じて、護衛の人数を増やすこともなかった。

いつもどおり、桃也といっしょにベンツに乗り込む。桃也は助手席に、清十郎はリアシートに一人で座った。

桃也が本気で清十郎を守るつもりなら、何も言われなくても、当然、護衛の車の二、三台はつけるところだった。けれど、命令がないのをいいことに、無防備な清十郎を放置した。

広瀬には、警戒をできるだけ手薄にしておくという約束だった。

それに、元レーサーでずば抜けた運転技術を持つ吉村を、この時のためにわざと狙ったのだとしたら、広瀬にしては冴えていた。

車は橋にさしかかっていた。

この先にある交差点を右折するため、中央の車線に寄せようと岩田がスピードをゆるめると、並んで走っていた車が同じようにスピードを落とし、ベンツの真横に付けてきた。

明らかに、何か目的があっての行動だ。だが、岩田はただの嫌がらせだと思ったらしく、小さく舌打ちをする。

もう目の前に交差点が迫っていた。岩田が焦って、よけろというようにクラクションを鳴らすと、今度は前後を走っている車が車間を詰めてくる。

「あ……」

「どうしたの、岩田君……?」

ようやく事態を察し、見る見る青ざめていく岩田のおもてを、知ってか知らずか、清十郎はのんびりとした口調で訊く。

「車が……」

「ああ、挟まれちゃったみたいだねえ」

とっくに気づいていたらしい。それで平然としている清十郎も、かなり意地が悪かった。

「『銀星会』でしょうか?」

桃也は、清十郎がそう思っていないことを承知で尋ねてみた。

「どうだろう……。でも、俺に用があるのは確からしいねぇ。どうする、桃ちゃん……？」

清十郎は、なぜか反対に桃也の意見を求めてくる。窮地に陥って、若頭に判断を任せたところで、おかしくはなかったけれど。

まるで、桃也が清十郎の有利に動くか、罠へと導くのかを、試されているようだった。でも……もう引き返すことはできない。

「仕方ありませんね。騒ぎになるのは拙い。ここは、おとなしく左折しましょう。隙を見て、まわり道するしかありません」

相手の思惑どおりに動けば、その先に罠があることはわかりきっている。本当なら、無理やり突っきれと命令するところだ。

吉村なら、桃也の意図したとおりにやってのけただろう。けれど、『銀星会』と聞いて、経験の浅い岩田はもうビビっている。

「そうだね。……岩田君、とりあえず左折して」

清十郎は、桃也の意見に気持ち悪いほどあっさり同意して、岩田に声をかけた。

川沿いに、河口に広がった倉庫街へと、ベンツを囲むように四台の車は入っていった。

「組長……」

「人目もないし、襲撃するにはお誂《あつら》え向きの場所だねえ……」

ベンツのリアシートにゆったりと収まった清十郎は、車窓から人けのない倉庫街を眺めながら、面白そうに呟く。

最初から、罠だとわかっていたはずだ。清十郎がなぜ、抗いもせずこんなところまで来たのか、桃也には不可解だった。

「待ち伏せされています」

「そうだねえ……」

冷や汗を滲ませて訴える岩田と対照的に、清十郎は不自然なほど落ち着き払っていた。

ベンツを囲んでいる車が、ゆっくりスピードを落とす。衝突を恐れて、岩田もブレーキを踏んだ。

(吉村なら、前の車に追突しても血路を開いているところだな……)

命を懸けた駆け引きを知るには、岩田はまだ若すぎた。暇そうだからと、彼を運転手に選んだのは清十郎だ。

(何を考えている……?)

清十郎の魂胆が読めない以上、桃也は状況をただ見守っているしかなかった。なんの目的もなく、自ら罠に飛び込むような男ではない。

まわりの車から、目出し帽を被《かぶ》った連中がぞろぞろと降りてきた。顔を隠していれば、『銀星会』の身内かどうかはわからない。

しかし、清十郎が言ったとおり、荒っぽさが信条の『銀星会』のやり方ではなかった。顔をさらすことぐらい、連中なら屁《へ》とも思わないだろう。

野心ばかり大きくて、小心者の広瀬の影響が、こんなところにも見え隠れしていた。清十郎は腹の底で苦笑しているだろう。

だが、相手が『銀星会』でなくとも、清十郎の命を狙っていることに変わりはない。ベンツに向かってくる彼らの手には、鈍い鋼《はがね》色の銃が握られていた。

「桃ちゃん……」

ようやく清十郎が声をかけてきた時には、抵抗するつもりぐらいはあるらしいと、桃也は無意識にホッとしていた。

「はい……」

「岩田君と、運転を代われるかい？」

清十郎に訊かれ、運転席で硬直している岩田のほうを見ると、ガクガク震えながらもうなずいてくる。

むしろ、岩田から交代してほしいと頼んでいるようだった。情けない姿だが、一年目のペーぺーなんて、どこの世界でもこんなものだろう。

「ええ……」

「じゃあ、頼むよ。俺が合図したら、車を出して……」

桃也に指示しながら、清十郎がスーツの下から取り出したものが、ルームミラー越しに見えて、思わず目を瞠った。

「組長、それは……」

「爆発するまでにタイムラグがあるから、できるだけ離れてくれよ」

清十郎は、手榴弾《しゅりゅうだん》を持った右手をひらひらさせながら、桃也に向かってにこやかに告げた。

（まったく……なんて人だ——）

いざとなれば、『若宮組』の剣持組長と並ぶほど危ない男だと、桃也も噂ぐらいなら聞いていた。そうでなければ、『銀星会』との熾烈な抗争の中、まだ十代だった彼が生き残れはしなかっただろう。

とはいえ、手榴弾まで持ち出すとは、予想さえしていなかった。いったいいつ、どこから、こんなものを手に入れていたのか。

身を伏せたまま、運転席の岩田とシートを入れ替わりながら、桃也は舌を巻いていた。

「清十郎っ……！」

いきなりリアウインドウを開けて、清十郎が無防備に身を乗り出すのが見えて、桃也はうろたえた声を上げた。

のこのこ顔を出した獲物に、いっせいに銃口を向けた刺客たちの間に、清十郎が手にしたものを見て、明らかな動揺が走る。

「桃ちゃん……」

その一瞬の隙を、清十郎は逃さなかった。合図を送られ、桃也はベンツのアクセルをめいっぱい踏み込んだ。

前方に停まっている車と車のわずかな間を、二台を蹴散らすように体当たりした銀色の車体が飛び出す。

包囲から抜け出しても、手榴弾の爆発の余波はまだ届く。桃也は、すぐにはアクセルをゆるめなかった。

「諸君～、ご苦労さんっ……！」

桃也の無茶な急発進に、とっさに対応できずにいた刺客たちに、清十郎はねぎらうような言葉をかけて、持っていた手榴弾を後方へ投げた。

広瀬の命令を果たすことより、自分の命が惜しかったのだろう。蜘蛛《くも》の子を散らすように逃げ出す男たちの向こうで、ふいに凄まじい爆音が轟《とどろ》き、閃光が視界を閉ざす。

衝撃に備えて、桃也はブレーキをかけながら、ハンドルを握りしめた。

だが、鼓膜から頭の芯まで揺さぶるような爆音が消え去ると、あとは何もなかったように静まり返り、破片のひとつも飛んではこなかった。

「あ……」

声を出したつもりだったが、自分の声も聞こえなかった。

ルームミラーで覗いた先に、サングラスをかけた清十郎がゆったりと座っていて、おもむろに耳から耳栓を抜き取るのが見えた。

(閃光発音筒《スタングレネード》……)

凄まじい爆音と光だけを発生させる、ほとんど殺傷能力のない武器だ。けれど、まともに食らった相手は、正常な感覚ではいられなくなる。

本物の手榴弾を使えば、ひとつタイミングを間違えば自分も怪我をしかねない。そこまで考えて、こんなものを使ったのだとすれば、本当にしたたかな男だ。

「怪我はないかい?」

耳鳴りがひどくて、その声を聞き取ることはできなかったけれど、清十郎が自分を気遣っているのは読み取れて、桃也はいささかぐったりとしながらうなずいた。

安心したようにニッコリ笑った男は、ドアを開けてベンツから出ていく。放っておくことはできずに、慌ててあとを追った。

徒歩で戻った先は、悲惨な状態だった。

その場にいたほとんどの人間が、停まっている車の間に倒れていた。目や耳を押さえてうずくまり、転げ回って苦しんでいる者もいる。

「ひどいもんだ……」

連中をこんな目に遭わせた張本人の清十郎は、まるで他人事《ひとごと》みたいな顔で、気の毒そうに呟いた。

もっとも、彼らは清十郎を殺すつもりで襲ってきたのだから、命が残っていることを感謝すべきなのかもしれないが。

「でもこれじゃ、誰に命令されたか、教えてくれそうにないかな……」

清十郎が、車の側に倒れている男を覗き込むように腰を屈めたせつな、開いているドアの後ろから飛び出してきた刺客の一人が、その背中に銃を向けた。

「組長っ……！」

反射的に、桃也が警戒の声を上げたのと、銃声が同時に響く。

（清十郎……っ）

清十郎が撃たれたのだと思ったその瞬間、心臓を冷たい手でつかまれたような気がした。手足の先まで凍りつく。

だが、桃也の目の前でゆるやかに倒れていったのは、清十郎に銃を向けた男のほうだった。

そして、清十郎のスーツの脇腹から、微かに焦げた煙が立ち上るのが見えた。

（スーツ越しに、後ろの敵を撃ったのか……？）

恐ろしいような技量だった。『銀星会』を敵にまわして一人で生き延びるのは、それほど過酷なことなのかと、今さらのように思い知らされた。

「あ～あ、これ、一張羅《いっちょうら》なんだよ。まいったなあ……」

危機一髪を逃れた清十郎のほうは、のんびり穴の開いたスーツの心配をしている。そのふざけた言動からは、さっき見た神業のような射撃の腕がとても信じられないのに。

聴力もいくらか戻ってきて、ホッとした桃也は、倉庫街に近づいてくる複数のエンジン音に気づいた。

振り向いた先に、十台近い車がやってくるのが見えて、緊張におもてを強ばらせる。

まさかあの広瀬が、失敗した時のために、さらなる罠を仕掛けているとは思えなかったけれど、騒ぎの通報を受けた警察が来るにも早すぎた。

清十郎も、佇んだまま車のほうを見ている。

「何をしているんですかっ……」

狙い撃ちされてもおかしくない状況で無防備に突っ立っている男を、桃也は慌てて車の陰に引きずり込んだ。

「桃ちゃん……。俺のことが心配?」

桃也の体に庇われた清十郎は、妙にうれしそうな表情で見上げてくる。

「当たり前でしょう。もう……無茶はしないでください」

広瀬の罠に嵌まって殺されるなら、その程度の男だ。桃也に、清十郎を守ってやる義理はなかった。

けれど……彼が撃たれたと思った時、わかってしまった。自分が本当に失いたくなかったものが。広瀬の野心から、どんな手を使っても守りたかったものが。

七台の車が、桃也たちとその襲撃者を囲むように停まった。最後に到着した車の後部のドアが開き、痩せた長身の男が降りてくる。

「あれはっ……」

男の正体に気づいて、桃也は息を呑んだ。

広瀬の手先ではなかった。けれど、もっと最悪の相手かもしれない。『銀星会』組長の張芳《ファン》明《ミン》だ。

「久しぶりだな、星崎……」

「あんたも、元気そうだね、張」

いつの間にか、桃也の腕の中からすり抜けた清十郎が、張の挨拶に答える。穏やかな口調に聞こえるが、当然、どちらも目は笑っていなかった。

「おまえは残念だろうがな……」

「いやいや、この手であんたを殺すのが、俺の楽しみだから、それまでは生きててもらわないと……」

張を殺したいとは聞かされていたけれど、本人を目の前にして、ここまで堂々と口にできるのは、清十郎ぐらいのものだろう。

相手も、清十郎のそういう性格をよくわかっているのか、呆れはしても激高《げっこう》する様子はなかった。

「相変わらず、口が減らない男だ。……で、うちの組員をけしかけてたのは、こいつらか？」

「みたいだね」

どうも風向きがおかしいと、桃也は張の冷たい美貌を見つめ直した。

これではまるで、張が清十郎と示し合わせて、『銀星会』を利用しようとした広瀬を反対に嵌めたように聞こえる。

「もらっていっていいんだな？」

「どうぞ。俺はむさ苦しい男に興味はないから……」

やはり……と、桃也は清十郎の答えに確信した。

この二人は、広瀬が『椿山会』と『銀星会』をいがみ合わせようとしていることを察して、清十郎を囮《おとり》に黒幕をいぶり出そうとしたらしい。

互いに肉親を殺され、相手を殺したいとまで憎み合っている清十郎と張が、まさかこんなところで共闘するとは、思ってもみなかった。

それに、張が一枚噛んでいるのなら、清十郎がスタングレネードをたやすく手に入れられたことにも納得がいく。『銀星会』が扱っている商品には、密輸された武器もあったはずだ。

「今ここで、おまえをいっしょに片付けることもできるんだがな……」

清十郎を目の前にすると、やはり過去の遺恨が疼いたのか、張は物騒《ぶっそう》な言葉を洩らし、睨みつけてくる。

「殺《や》れると思うのかい？」

不敵に応じた清十郎の手には、また手榴弾が握られていた。

さっきのものとは、形が違う。それに、清十郎の目つきを見れば、今度こそ殺傷能力のある手榴弾だとわかった。

武器を商品にしている張なら、なおさらだろう。清十郎を見つめるまなざしが、スッと細く、怖いものになる。

「俺といっしょに木っ端《こっぱ》みじんになる？」

いっしょに死ぬかと、楽しそうに微笑みかける清十郎に、張は苦笑を浮かべた。

「やっぱり、おまえは危ないヤツだな。十七年も経てば、少しは変わるかと思ったが……」

「人はそう簡単には変わらないよ」

「確かにな……」

同意した張にも、清十郎にも、消せない互いへの殺意がある。それでも、彼らが今ここにいるのは、広瀬には理解できなかった組長としての自負のためなのかもしれない。

清十郎の後ろに立っている桃也のほうへ、初めて視線を動かした張は、なんの表情も見せず、すぐに後ろを振り返った。

「帰るぞ。そいつらを連れてこい。聞きたいこともある……」

張は、部下たちに命じ、広瀬がさし向けた刺客たちを、全員車に押し込ませた。彼らの運命は、ここで清十郎に殺されるより、ずっと過酷なものになるだろう。

「じゃあな、星崎……いや、今は椿だったか。首を洗って待ってろ……」

「それは、こっちの台詞《せりふ》……」

張の脅しに、清十郎はいつもの軽口《かるくち》のような口調で言い返した。あっさりと引き揚げていく

『銀星会』の車を見送るそのおもてが、何を考えているのか、桃也には読み取れない。

「時間を食っちゃったね。遅刻したら、また会長のお小言《こごと》だ。……お～い、岩田君、急いでお寺まで頼むよ」

大きな肩を竦め、清十郎は桃也を促すように声をかけると、ベンツの陰からこちらの様子を窺っていた岩田を、大声で呼んだ。

23

「意外と仲がいいんですね？」

ベンツはようやく元の道に戻り、再び妨害に遭うこともなくスムーズに走っている。

清十郎の隣に座った桃也は、あんな騒ぎのあったあともシートに凭れて眠そうにあくびをしている男の横顔へ、張と連絡を取り合えるような間柄とは知らなかったと、少し皮肉に問いかけた。

「そう見えた？」

「あなたと似たタイプに見えました」

意外だったのは、仇《かたき》同士の二人が広瀬に対して共闘できたことばかりではない。張を間近に見たのも初めてだったけれど、腹の読めない得体の知れなさは、清十郎とどこか通じるところがあるように思えて、正直にそう口にした。

「嫌だなあ。俺はあんな血も涙もない外道じゃないよ……」

桃也の指摘には、清十郎はいかにも心外そうに反論する。もっとも、それものらりくらりと本心を見せない、いつもの口調だったけれど。

「でも、協力してもらったんじゃ……」

広瀬の刺客を捕まえるだけでなく、スタングレネードも張に調達してもらったのではないかと追及すると、清十郎はまた不本意そうな溜め息をついた。

「今回は、たまたまお互いの利害が一致しただけだよ。黒幕さんも、まさか俺が張に告げ口するとは思わないでしょ?」

「それは……」

確かに、広瀬どころか、桃也も清十郎が親の仇の張に協力を求めるなど、思ってもみなかった。だからこそ、広瀬の画策の盲点を突いたともいえる。

「それに、張は本気で俺たちも始末する気で来てた……」

最後の張の脅しは、桃也にも本気のように聞こえた。当然、清十郎はそうなることを警戒して、手榴弾を隠し持っていたのだろう。

けれど、あの時、張が仕掛けてくれれば、清十郎は本当にまわりを巻き込んで自爆するつもりだったのだろうか。

「いい度胸ですね。あなたも、いざとなったら『銀星会』を道連れに爆死するつもりだったんですか?」

いかにも巻き添えを食うのが迷惑そうに確かめた桃也に、清十郎はやさしく笑う。

「まさか。張はともかく、桃ちゃんや岩田君まで道連れにはできないよ……」

「ただのハッタリだったんですか？」

あっさり否定されると、それはそれで桃也までだまされたみたいな気がして、不満が声にも出た。

「まあね。でも、張は慎重な男だからね。あれだけ脅せば退《ひ》くとわかっていたよ」

「……本当に、あなたという人は」

桃也ばかりか、張の内心までお見通しなのかと、半分呆れ、あとの半分は妬《ねた》ましさを感じながら嘆息した。

清十郎は、拗ねる桃也を愛しげに見つめて、機嫌を取るような笑顔を向ける。

「権藤会長に約束した手前、うちの組員を動かすわけにはいかないじゃない。だったら、『銀星会』を利用するのが、手っ取り早く誤解を解く方法だと思ったんだよ。俺と張は仇同士だけど、どちらも他人の手の上で踊らされるのはごめんだからね」

そんな理由で、弟の仇の危機一髪を救った張も張だった。

あるいは、あの冷たい目をした男も、自分以外の誰の手にもかけさせたくないほど、清十郎に執着しているのではないかと、どこか嫉妬めいた疑惑さえ浮かぶ。それに……。

「やっぱり、あなたとあの男は似ていますよ」

「だから、それは桃ちゃんの誤解だって……。さて、これで黒幕さんはどう出るかな」

まるで藪をつついて蛇を出すのを恐れるみたいに、清十郎は話を広瀬のほうへとそらす。どうやら、この男と張の間には、桃也が思いもしない経緯が、まだまだ隠されているようだった。

それに、権藤の前で大見得を切ったとおり、これで逆に広瀬を追いつめられるはずなのに、清十郎の顔色はなぜか冴えない。

「あまり、うれしくなさそうな顔つきですね？」

「会長じゃないけどね。仲間内で足を引っ張り合うっていうのはどうも……」

「あなたを罠に嵌めようとした相手でも？」

清十郎の命を狙った広瀬のことを、まだ仲間だと思っているのかと、意外な気持ちで問いかけた。

「ヤクザは、お手々繋いでなんていう甘い世界じゃないけどね。人が死ぬのは、あんまり見たくないよ」

さっきまで張を殺すと凄んでいた同じ男とは思えない顔つきで、清十郎は憂鬱《ゆううつ》そうな溜め息をついた。

その言葉から、清十郎がすでに『銀星会』の広瀬への報復を確信していることに気づかされた。

「張は……黒幕を殺すと思いますか?」

「殺すよ、間違いなく……。幹部会に欠員ができちゃうね」

張のことを、一番よく知っているのは清十郎だ。彼がそう言うなら、間違いはない。

広瀬は、張に殺されるのをおとなしく待っているだろうか。それに、そうなっても桃也の裏切りを黙っているだろうかと考えながら、車窓に目を向ける。

すぐ先に、法要が行われる寺の門が見えていた。

24

本堂では、すでに読経が始まっていた。その脇を通りすぎ、清十郎は奥の離れへと入っていった。桃也も、彼のあとに続く。

離れには、関西の親分衆もとっくに顔を揃えている。遅れた清十郎を忌々しそうに睨み、権藤は話に戻った。

清十郎がぼやいていたとおり、あとでたっぷりと小言を食らうことになりそうだ。

しかし桃也には、権藤の右隣に座っている広瀬の顔こそ見物だった。殺せと指示した男が、掠り傷ひとつなく、ピンピンして現れたのだから無理はない。

桃也は、会合の場からは早々に席をはずして、廊下に出た。午後の日射しに、白々とした石庭を眺め、しばらくぼんやりと佇んでいた。

やがて、話が一段落したのか、広瀬がこっそり抜け出してくる。

その姿を確かめて、桃也は人目につかない廊下の角へ歩きだした。広瀬も少し距離を取りながら、桃也を追ってくる。

「どうなっているんだ?」

離れの連中には見えない場所で、桃也に歩み寄ると同時に、広瀬は話が違うじゃないかと、押し殺した声で食ってかかった。

その顔には、怒りと焦燥《しょうそう》が滲み、もはや『東和会』組長の威厳の欠片すらない。最初から、清十郎や張のような器ではなかったのだ。

「しくじったんですよ」

桃也は、広瀬への侮蔑《ぶべつ》をもう隠さずに、素っ気なく報告した。

もともと、清十郎に対して以上に、この男に忠誠を尽くすような義理は、桃也にはなかった。いっしょに『銀星会』の的にされるのは、なおさらごめんだ。

「しくじった……？　まさか？　星崎は『椿山会』の組員でも率いてきたのか？」

「組長と俺、あとは運転手の岩田だけですよ。約束どおり……」

状況が理解できずに、混乱している広瀬に、桃也は言葉も少なく、清十郎を罠にかけるための自分の役割は果たしたと説明する。

「それで、なぜっ？」

脂ぎった男の額には、冷や汗が滲んでいる。その顔を近づけ、広瀬は桃也を疑うように睨みつけてくる。

「『銀星会』です」

「なんだと?」

「あんた、『銀星会』の名前を使って、騒ぎを起こしたでしょう? それが、張の逆鱗《げきりん》に触れたらしい……」

身勝手な広瀬の頭にも、『銀星会』と聞いて、自分がひどく拙い立場に置かれていることはわかってきたらしい。青ざめたおもてが、ますますどす黒く染まっていく。

どう言い訳をするべきか、それともさっさと逃げて身を隠すべきなのか、自身の保身しか考えられない広瀬の浅薄《せんぱく》な思考が、桃也には手に取るように読めた。

「張、だと……? なんでだ? なんであいつが、星崎を助けるような真似を……」

めまぐるしく逃げ道を探しながらも、繰《く》り言《ごと》のように桃也に問いかけてくるのは、まだ自分が失敗したとは思いたくないのだろう。

けれど、今さら何を言ったところで、広瀬の野心がこれで終わったことに変わりはないと、桃也は冷ややかなまなざしを返した。

「それだけ、あんたの汚いやり口には、ヤツも腹に据えかねたんでしょう。今度は、本物の『銀星会』が、清十郎じゃなくあんたを狙ってくる。終わりです」

「貴様っ、俺を裏切るのかっ! そんなことはできんぞっ。……この、この写真をバラ撒けば、おまえもただでは済まんっ……」

広瀬は、怒りと興奮にわななく手で上着の内ポケットから取り出した数枚の写真を、トランプみたいに扇形に開いて桃也に突きつけてくる。

被写体を確認するまでもなく、覚えている。先日、『胡蝶』で広瀬に嬲られた時に撮られた写真だ。桃也の裏切りの証《あかし》だった。

「これを見た星崎に、なんと言い訳するつもりだ？」

「へえ、よく撮れてるね。色っぽいじゃない……。やっぱり桃ちゃんは、縛られてる姿がグッと来るよねえ」

いきなり背後の障子戸が開き、二人の手元を覗き込んできた清十郎が、興味津々《しんしん》の目つきで広瀬から写真を取り上げる。

「ほ……星崎っ?!」

「どうもぉ、広瀬さん。うちの若頭をずいぶん可愛がっていただいて。……でもね、怪我までさせるのはやりすぎだよ。俺は、そういうセックスは好きじゃない」

のんびりと挨拶をした清十郎は、先日、深夜に屋敷へ帰ってきた時の桃也の憔悴ぶりを思い出したように、ふいに冷たいものを瞳に浮かべて広瀬を責めた。

「こ、こいつのせいだっ。全部、この淫乱が誘ったんだ。俺に話をもちかけて、おまえから『椿山会』を奪い取ろうとしたのも、全部、こいつが……」

広瀬は、事件の黒幕は桃也だと、清十郎に向かってわめき立てた。

そういう男だということは昔からよく知っているから、今さら驚きもしない。それに、広瀬が言うことも、すべてがデタラメというわけではなかった。

桃也が、広瀬を利用して清十郎を陥れようとしたのは、紛れもない事実だ。どんな言い訳の余地もない。

けれど清十郎は、広瀬の訴えを頭から無視して、残酷に微笑んだ。

「いや、残念ですね。今頃、あんたの雇った連中が、張の前で全部ゲロしちゃってるでしょう。今さら、あんたの言い訳を、あの連中が聞き入れるとも思えませんが……」

「ち、違うっ。信じてくれ、星崎。俺には、あんたを殺すつもりなんかなかったんだ。こいつが……」

広瀬はあくまで、清十郎の襲撃を企んだのは桃也だと主張した。

なんの証拠もありはしないが、かといって桃也にそれを否定できる根拠もない。まして、広瀬の変態プレイに身を任せている写真まであれば、どう疑われても仕方がない。

清十郎も、ようやく桃也のほうを、ちょっと意地の悪いまなざしで振り返った。

「って、広瀬さんが言ってるけど？　桃ちゃん？」

「たわごとです。この男は、昔のことを持ち出して、俺を犯して、組長の行動を聞き出そうとした。俺は、何も話しちゃいません……」

清十郎に追及されて、桃也にすべての罪をなすりつけようとした広瀬への仕返しのように、自分のほうこそ被害者だと嘯《うそぶ》いた。

もちろん、清十郎がそんな出任せを信用するとは思わなかったけれど、あからさまにうろたえる広瀬を見るのはいい気味だった。

「きっ、貴様っ、桃也っ！　この俺まで裏切るのかっ？　さんざんおまえを可愛がってきた俺を……」

「あんたには反吐《へど》が出ます」

男の欲望や裏切りに翻弄《ほんろう》されるのは、もううんざりだと、桃也は激高する広瀬に向かって冷酷に吐き捨てた。

「だってさ。……広瀬さん、もう観念したら？」

「星崎っ！」

桃也に完全に見限られた広瀬へと、清十郎はとどめを刺すように宣告した。

追いつめられた広瀬は、ギラつく目で清十郎を睨みつける。その視線に、清十郎はやけに楽しそうに微笑んでみせた。

「ご心配なく。あんたが死んだら、『東和会』のものになっている星崎の縄張りは『椿山会』

が引き継ぐから、なんの心残りもなく……『地獄に堕ちな』」

最後の言葉を、凄みを増した声音で、広瀬の耳元に囁く。死神の声でも聞こえたように、広瀬はガックリと廊下に座り込んだ。

(まさか……?)

その言葉を聞いた桃也も、清十郎が、自分を陥れようとする広瀬を逆に嵌めて、最初からかつての『星崎組』の縄張りを取り戻す魂胆だったのではないかと疑った。

もし、その疑惑が当たっているなら、清十郎こそ、広瀬などとは比べものにならない大悪党だ。

自分の運命を知らされ、恐慌状態の広瀬には、もう見向きもせず、清十郎は桃也の腕を取ると、境内を足早に歩きだした。

建物の裏にまわって、庭へ下り、人けのない庭園に出る。

「組長……」

「うん?」

男に手を引かれたまま、桃也は広い背中へと声をかけた。スーツの脇腹には、さっき刺客を撃った時の焼け焦げた穴が開いたままだ。

「あんな嘘を、信じたわけじゃないんでしょう?」

広瀬の訴えも、桃也の言い訳も、全部偽りだらけだ。それを見抜けない清十郎ではないだろうと、確かめていた。

「まあね。俺はさ、人間が歪んでるから、人の言うことをまともに信じることができない質なんだよ……」

清十郎の言葉はそのまま、彼が誰も信じられない過酷な環境で今まで生きてきたことを語っていた。

歪んでいるといっても、この男自身は、広瀬や桃也のように臆面もなく嘘をついて誰かを裏切ったりする人間ではないだろう。

広瀬の企みも、桃也の裏切りも、この男は最初から見抜いていた。すべてを理解しながら、傷ついた桃也をその腕でいたわってくれた。

「俺を、殺しますか？」

広瀬は、その名前を騙《かた》った張の報いを受ける。桃也を罰するのは、若頭に背かれたこの男だ。

「桃ちゃんを？　どうして？」

なのに清十郎は、桃也の問いに、思ってもいなかったような表情を見せ、わけを訊き返してくる。

「俺は……あんたを裏切って、広瀬に逢っていた」

「そうだね……。龍也さんの跡目を継いだ俺が、憎かった？」

「……ええ」

妬ましかったと、正直にうなずいた桃也に、清十郎はおかしそうな笑い声を洩らす。

「嘘つき。桃ちゃんの言ってることは、嘘ばっかりだ。言ったでしょう。俺は、人の言うことをまともに信じないって……」

桃也の本心さえ、あっさり否定されて、清十郎が何を考えているのかわからずに見つめ返した。

「桃ちゃん、さっき倉庫街で襲われた時も、俺を庇おうとしていたじゃない。危険の中に突っ走っていく俺を、ずっと心配そうに見てた」

「でも……」

「広瀬に逢いに行ったのは、あの男が何を企んでいるか知るためだ。桃ちゃんは、組長の俺と『椿山会』を守ろうとしてた。自分の体も、命も懸けて……」

「清十郎……」

知っていた。この男は、桃也自身にさえよくわかっていなかった本当の気持ちを、何も言わなくても、わかってくれていた。

自分たちは、裏切り裏切られることが当たり前の世界で生きている。誰の言葉も信じられず、平気で嘘をつき、人をだまし続ける。

無垢だった桃也を犯し、自由にしてきた広瀬ですら、その本心をついに見抜けなかったのに。

でも、本当は誰かにわかってほしかったのかもしれない。

「龍也伯父さんの跡目を継いだ俺が、憎かったんじゃない。愛しかったはずだよ。違うかい？」

それは憎悪じゃないだろうと微笑む清十郎に、目を合わせられずにうつむいて、桃也は小さく笑みをこぼした。

「自惚《うぬぼ》れが強すぎますよ、組長……」

「俺はね、龍也伯父さんに、『俺にもしものことがあったら、桃也と組のことを頼む』と……『あいつを幸せにしてやってくれ』と頼まれているんだ」

「先代が……そんな、ことを？」

まともな人としての幸せも知らないうちに抗争に巻き込まれ、一番輝かしい時期を塀の中で送った。刑期を終えてからは、勝手気ままに生きてきた清十郎が、なぜ面倒な組長の重責を引き受けたのか、桃也はずっと不思議に思っていた。

清十郎が、先代とそんな約束を交わしていたことも、先代がこの男に桃也を託そうとしたことも、まったく知らず、驚いて目を瞠った。

それではまるで、清十郎は、桃也のために七代目を継いだように聞こえる。

「龍也伯父さんはね、組よりも何よりも、桃ちゃんを大切に思っていたよ……」

「あ……」

先代の気持ちはわかっていたはずなのに、その深い愛情に気づいていたのに、最後まで素直になれなかった。

体を汚してまで組に尽くすことしか、男の恩に応える方法を知らなくて。きっとそんな自分の頑《かたく》なさが、龍也をいっそう苦しめてしまった。

死期を悟った龍也は、自分が一番信用できる男に、桃也の幸せを託していた。

瞼《まぶた》が熱くて、じんわりと視界が滲んでくる。引き寄せられた清十郎の胸に顔を埋めて、桃也は初めて、肩を震わせて、失った男のために声を上げて泣いた。

25

「早く……。早く、入れて……っ」

清十郎の寝室に伸べられた布団の上で、四つん這いになった腰を高く掲げて、桃也は後孔を弄《いじ》っている男に、泣きながら情を求めた。

「ごめんね、桃ちゃん……」

背中から桃也を抱きしめた清十郎は、餓えきった場所に熱い楔《くさび》をくれる代わりに、耳元へ後ろめたそうな声で謝ってくる。

「何？」

桃也の意識は半分、狂おしい快楽の中に溺れ込んでいる。欲しくて堪らないものをくれない男が焦れったくて、謝罪の理由を訊く声もおざなりなものになった。

「俺は、龍也伯父さんみたいに、桃ちゃんを見てるだけ、なんてことはできなかった……」

先代から頼むと託された桃也を、自分の欲望のままに犯してしまったとわびる男に、桃也は許すという言葉もバカバカしいと、呆れたまなざしを返した。

「バ……カッ。あんたは、先代じゃない。そんなこと、俺は望んでいない。……だからっ」

欲しかった。清十郎の熱が欲しくて堪らないのに、こんな時に頭を下げる男もひどく意地が悪い。

この腕なら、どんな疚しさも打算もなく求めてもいいのだと、桃也に教えたのは清十郎なのに、今さらな話だ。

「欲しい?」

「もっ……焦らすなっ!」

案の定、少しは桃也をいじめる気もあったらしい清十郎は、神妙な顔をニヤニヤ笑いに弛緩《しかん》させて確かめてくるから、怒鳴りながら、待ちきれない瞳が濡れてくる。

「ごめん、ごめん……泣かないで。……桃也」

「なっ……」

ふいに耳元で、低い声に名前を呼ばれた。今まで「桃ちゃん」か「氷室」と名字でしか呼ばれたことがなかったから、こんな艶めいた男の声音を聞くのも初めてで、ゾクゾクと下腹が疼く。

「あっ、あ、あ、あぁぁぁ——っ、あ——っ……!!」

ほとんど同時に、男の長くて淫蕩《いんとう》な指にやわらかく解かれた場所を、猛々しくたぎった屹立《きつりつ》で一息に貫かれて、絶え入るような悲鳴を上げた。

「桃也っ……桃也……」

まるで自分の声の効果を知っているように、清十郎は何度も桃也を呼んで、燃えるような吐息で耳朶《じだ》を嬲る。

その掠れた音色にも脳裏を灼かれて、桃也は逞しい体の下で、水揚げされた魚みたいにビクビクとしなやかな四肢を震わせた。

「いやっ、だ。……そんなに、強くしたらっ」

「出ちゃう？　いいよ、イっても……。入れたままで、何度でもイかせてあげるから……」

清十郎の言葉も、情熱的な仕種も、どこまでも桃也を狂わせる。

こんなセックスを覚えてしまったら、本当にだめになってしまいそうだと、どこかで怯えながら、引き寄せる腕に際限もなく溺れ込んでいく。

抱き起こされ、胡座をかいた男の膝へとさらわれ、下から突き上げてくる律動に激しく揺さぶられた。

「清十郎……清十郎っ！」

「桃也」

ひどくいとおしげに呼ばれて、汗ばんで喘ぐ薄い胸を掻き抱いた男の右腕に爪を立てる。同時に、痛いほど張りつめた性器をきつく握り込んでくる掌の中へ、桃也は啜り泣きながら甘い

欲情を迸《ほとばし》らせた。

「おはよう、桃ちゃん……」

乱れきった清十郎の布団で目が覚めた。頭がズキズキして、桃也はだるい指先で、そっとこめかみを押さえた。

(また……か)

いつの間にか清十郎のペースに巻き込まれている、自分の迂闊さが、無性に腹立たしい。

「ゆうべは……?」

いつ清十郎の部屋に連れ込まれたのか、どうして体を開くことになったのか、まだ記憶がはっきりしない。それほど飲まされたのかと、自己嫌悪にさえ陥った。

「うん。桃ちゃん、激しいから、けっこう腰にきちゃって……。やっぱり、もう若くないのかねぇ?」

桃也の体にぴったりと寄り添って、肘枕で寝顔を覗き込んでいた男が、少々情けない声音で答える。

「やりすぎですっ。人の体だと思って、いったい何回突っ込んだんですか?」

「あれ、まったく覚えてないの? あんなに情熱的に抱き合ったのに……。傷つくなあ」

覚えはなくても、桃也の体には軋《きし》むようなダメージが残っている。これだけやれば、腰が痛くなるのも当たり前だと責めると、清十郎は相変わらずせつなそうな口調で、桃也の冷たさをぼやいた。

本音をさらして抱かれてもいい腕を見つけたといっても、桃也は清十郎の妻でも情人でもない。『椿山会』の組長と若頭だ。男に媚びを売るつもりはなかった。

「俺の服を返してください……」

昨夜、脱がされたはずの桃也のスーツは、畳の上には見当たらない。いつものように、押し入れに隠したらしい男に、冷ややかに要求した。

「だからさあ、いいかげん、隣の部屋に引っ越してこない？　毎朝、戻るの、面倒でしょう？」

「誰のせいですかっ？」

あれ以来、毎晩のように、桃也を寝室に連れ込んでいるのは清十郎だ。頭痛も腰のだるさも、全部、清十郎のせいだと、険悪に訊き返す。

「なんで、素直になれないのかなあ……」

ブツブツと不満をこぼしながらも、清十郎は素直に押し入れから乱れ箱を出してきた。

「今日は、権藤会長に呼ばれているんでしょう。いつまでもそんな格好でうろうろしてないで、

「さっさと用意してくださいね」

シャツに袖を通しながら、緋色の友禅の長襦袢一枚で、布団の上に胡座をかいている男を促した。

「は～い……」

清十郎は、わざと拗ねた子供みたいな返事をする。

その足元に放り出されたままになっている朝刊が、桃也の目に留まった。清十郎が読んでいたものらしい。

社会面の片隅に、『東和会』組長の死亡記事が載っている。

事件があったのは昨日のことだ。すでに『水上組』の内部には知れ渡っている。桃也も清十郎も報告を受けていた。

「権藤会長の話って……」

「ん～、『東和会』のものになっている元の『星崎組』の縄張りを、うちに任せたいっていうんじゃないの？　権藤会長も、悪人にはなりきれない人だからねぇ」

清十郎は、そう言ってひっそりと笑う。心の中を見せないその笑顔に、桃也の背筋を冷たいものが走った。

「あんた、最初からそのつもりで、わざと広瀬を焚きつけたわけじゃないでしょうね？」

「俺はそんな悪人じゃないって……」

軽薄な笑顔が、まったく信用できなかった。

もしかしたら、自分も広瀬も、権藤会長ですら、一見、何も考えていないようなこの男の掌の上で、意のままに踊らされていたのではないかと、怖い疑惑がわき上がる。

「あんた、やっぱり『銀星会』の張といい勝負ですよ」

「ひどいなあ、桃ちゃん。……俺のこと、血も涙もない人でなしみたいに」

「違うんですか？」

いくらか強い口調になって追及してみせると、清十郎は少し真顔に戻って、しばらくの間、考え込む。

「ま、たいして違わないか。……俺のこと、嫌いになった？」

「心にもないことを訊かないでください。あなたが『椿山会』の組長である限り、俺は命を懸けてあなたにお仕えしますよ」

どんなことをしても守りたかったのは、この男と、彼の傍らにある自分の居場所だけだ。桃也が欲しかったのは、たったそれだけのものだった。

けれども、桃也の答えを聞くと、清十郎はいくぶん不本意そうに唇を尖らせる。

「それって、俺が『椿山会』の組長だから愛してるって、言ってるように聞こえるなあ……」

「不満ですか？」

あでやかな笑みを浮かべて確かめた桃也に、清十郎は微笑み返して首を横に振った。

「桃ちゃんが幸せなら、それでいいよ」

「では、車で待っています。くれぐれも遅れないでくださいよ」

「はいはい……」

面倒くさそうに答えて、清十郎は、桃也の体温がまだ残った布団にもそもそと潜り込む。自堕落な男を残し、桃也は部屋を出た。

濡れ縁から見上げた空には、いつの間にか夏の入道雲が広がっていた。

end.

あとがき

東北地方太平洋沖地震により被災された皆様に、謹んでお見舞い申し上げます。被災地の一日も早い復興を心よりお祈りいたします。


B-PRINCE文庫では初めまして。水月真兎と申します。

もうずいぶん前に、他社さんから出していただいた某シリーズに、わたしがかなり気に入っているキャラがおりまして、そのキャラと同じタイプのヤクザを書いてみませんかと、編集のK本さんからお誘いをいただきました。

ご存じの方もいらっしゃるかもしれませんが、このキャラ、敵か味方か、何を考えているのかまったくわからないタイプでして、脇キャラとしては書いててとても面白い人でした。

その反面、彼の視点からお話を書くということは、ネタバレのようなものになるから、できなかったんですよね。

この「裏切りの花…」は、あえてそういうタイプのヤクザ者を主人公にしてみました。

わたしがよく書いている単純な斬った張ったとは違って、こういうタイプは、心理戦というか、わりと深読み、深読みしていくことになるので、予想以上に難航することになりました。編集のK本さんにも、イラストをつけていただいた桜井先生にも、さんざんご迷惑をおかけしてしまうことになって、ほんと申し訳ありません。

でも、皆様に辛抱強くご協力いただいたおかげで、ほぼイメージどおりのものができあがったと思います。

特に、桜井先生のイラストは、キャララフの段階から、清十郎がかっこよくって、ああいうエロいおっさん大好きなわたしは、ずっと惚れ惚れしておりました。

清十郎の背中の刺青は、編集のK本さんにご提案いただきました。やっぱり、極道には刺青よね、ということで、いろいろ探して愛染明王にしてみました。

久々に刺青のサイトとかも巡ったんですが、わたしがこのお仕事を始めた頃と比べても、ずいぶん明るいイメージになりましたよね。和彫りというより、どこかマンガ、アニメチックな図柄もあったりして、むしろ昔ふうのクセのある和彫りより、個人的には惹かれました。

ご興味あったら、インターネットで検索してみてください。とってもきれいですよ。まあ、彫り物なんて、好き好きでしょうし、若いお嬢さんにはお勧めするものじゃありませんが。

近況は、昨年末から引きこもった状態が続いています。春になったらもろもろ復活しようと思っていたんですが、その前に地震にやられてしまいました。いえ、被災地からは遠いところに住んでいるので、実害はまったく受けていませんが。

一時期、派遣として原発とも関わる仕事をさせていただいたこともあるもので、その後の被害に、いっそう胸が痛むことがまだ続いている状態で……。やるせないです。

個人でできることなんてたかがしれていますが、自分なりに少しでも何かできればと思っています。

この頃はようやく落ち着いてきて、夏に向かうにつれて、もう少しお仕事のペースも上げていきたいと思っています。わたしの場合、読んで元気の出る作品を書くというのが信条なので、自分がへこんでちゃどうしようもありませんので。

また、どこかの紙面でお目にかかれれば、無上の幸せです。最後まで、ご精読ありがとうございました。

２０１１年６月１日　水月　真兎

初出一覧

裏切りの花は闇に咲く　　／書き下ろし

B-PRINCE文庫をお買い上げいただきありがとうございます。
先生へのファンレターはこちらにお送りください。

〒102-8584
東京都千代田区富士見1-8-19
(株)アスキー・メディアワークス
B-PRINCE文庫　編集部

裏《うら》切《ぎ》りの花《はな》は闇《やみ》に咲《さ》く

発行　2011年7月7日　初版発行

著者｜水月真兎
©2011 Mato Miduki

発行者｜高野 潔

発行所｜株式会社アスキー・メディアワークス
〒102-8584　東京都千代田区富士見1-8-19
☎03-5216-8377（編集）

発売元｜株式会社角川グループパブリッシング
〒102-8177　東京都千代田区富士見2-13-3
☎03-3238-8605（営業）

印刷｜株式会社暁印刷

製本｜株式会社ビルディング・ブックセンター

Printed in Japan
ISBN978-4-04-870614-8 C0193